烽火徒骇河

刘海生 著

山东文艺出版社

图书在版编目（CIP）数据

烽火徒骇河 / 刘海生著 . —济南：山东文艺出版社，2024.3

ISBN 978-7-5329-7059-9

Ⅰ. ①烽… Ⅱ. ①刘… Ⅲ. ①长篇小说 – 中国 – 当代 Ⅳ. ①I247.5

中国国家版本馆CIP数据核字(2023)第238436号

烽火徒骇河
FENGHUO TUHAIHE

刘海生　著

主管单位	山东出版传媒股份有限公司
出版发行	山东文艺出版社
社　　址	山东省济南市英雄山路189号
邮　　编	250002
网　　址	www.sdwypress.com

读者服务　0531-82098776（总编室）
　　　　　　0531-82098775（市场营销部）
电子邮箱　sdwy@sdpress.com.cn

印	**刷**	山东临沂新华印刷物流集团有限责任公司
开	**本**	880 毫米 × 1230 毫米　1/32
印	**张**	7.5
字	**数**	150千
版	**次**	2024 年 3 月第 1 版
印	**次**	2024 年 3 月第 1 次印刷
书	**号**	ISBN 978-7-5329-7059-9
定	**价**	52.00元

版权专有，侵权必究。如有图书质量问题，请与出版社联系调换。

　　这张珍贵的留影记录了父母历经枪林弹雨的戎马半生。二老在战争年代出生入死,先后参加了抗日战争、解放战争和抗美援朝战争。日军曾悬赏一千大洋买父亲的人头,但父亲硬是和战友在日寇的铁壁合围中杀出了一条血路!

　　谨以此书,献给我英勇无畏的父母!

目 录

引　子 …………………………………… 001
洼地突围 ………………………………… 005
刘长才参军 ……………………………… 025
闹市锄奸 ………………………………… 051
清晨枪声 ………………………………… 067
勇救区委书记 …………………………… 087
惊魂山楂林 ……………………………… 116
沙窝伏击战 ……………………………… 136
血战坡杨家 ……………………………… 154
激战大王庄 ……………………………… 166
区小队长遇险 …………………………… 177
全歼日寇三角部队 ……………………… 194
醉卧齐阳城 ……………………………… 206
鲁寨乡剿匪 ……………………………… 212
尾　声 …………………………………… 221
来自天堂的对话 ………………………… 226
后　记 …………………………………… 229
致　谢 …………………………………… 235

引 子

徒骇河——位于黄河下游的北岸，属海河流域。近百年来平缓的河水似手舞的彩带，细细长长、弯弯曲曲，一路流经河南、河北、山东，穿过山东聊城东昌府，过茌平、高唐进入德州的禹城、齐河、临邑，济南的济阳、商河，滨州的惠民，直至东去汇入渤海，惠泽着沿途所经区域的黎民百姓。

在一望无际的鲁西北大平原上，星罗棋布的村庄点缀其间，绿油油的麦苗为这片土地注入了鲜活的底色，袅袅的炊烟一缕缕缓缓地飘荡在空中，枝头的鸟儿在追逐打闹中尽情地鸣叫，大自然的鬼斧神工把这片土地勾勒得格外美丽，好似一幅氤氲人间烟火气的巨型水墨画。

沿岸百姓日复一日、年复一年过着日出而作、日落而息的农耕生活，人们向往的是过上吃饱穿暖的舒坦日子，为此默默汗流浃背地辛苦劳作。他们没有过高奢求，唯一希望的就是依赖这方土地，男耕女织，倾尽全力地付出，求得一日三餐、夜能安宿，他们祈盼着衣食无忧的美好生活，更盼着家族兴旺、添丁加口，一代一代得以延续。在这里，人们的信仰，仿佛也像徒骇河清澈的水流一样平静地流淌。徒骇河的河水福佑着人们平淡的日子一年好过一年，没有大灾大难，年年风调雨顺、五谷丰登、六畜兴旺。

据《尚书·禹贡》记载，禹"导河积石，至于龙门，南至于华阴，东至于底柱，又东至于孟津。东过洛汭，至于大伾，北过洚水，至于大陆，又北播为九河，同为逆河，入于海。"也就是说，大禹自积石山导河，曲折到了龙门山，南到华山北面，再向东到了砥柱山、孟津及洛水入河处，然后，经河南省浚县东，向东北汇合洚水（今漳河），向北流入河北省的古大陆泽，就此开始分为九河。因河口段海潮顶托倒灌，使河海不分，共同归入渤海，这就是禹河故道。《尔雅》记九河的名称为徒骇、太史、马颊、胡苏、简、覆釡、絜、钩盘、鬲津。据相关记载，徒骇之名的由来是："禹治此河，用工极众，沿河工难，众徒惊骇，故名徒骇"。

明代中叶，商河在惠民南与土河合流，形成了现在的徒骇河。直到清代，有的地方仍称徒骇河为土伤（商）河，《临邑县志》载："徒骇河由山东齐河县经下口城东南二十五里，俗名土河。"这是把土河称为徒骇河的最早记载。

一九三七年七月七日夜，驻丰台日军借口一名士兵"失踪"，要求进入宛平城搜查。在遭到中国守军的断然拒绝后，侵华日军"中国驻屯军"司令官田代皖一郎下达进攻命令。日军悍然越过卢沟桥，炮轰宛平城。中国守军奋起还击，严厉打击了日军的嚣张气焰。

"七七事变"后，日军铁蹄一路向南，占领北平、沧州、德州，继而越过黄河，占领济南，伺机南侵。在此中华民族危难之际，中国共产党提出的团结全民族统一抗战的政治主张得到了广大民众的支持。全面抗战爆发。

一九三八年十一月，国民党山东省第六区专员兼保安司令、聊城县县长范筑先将军携家人率领民众及保安队七百余人奋起抵抗南侵日军，苦战两日，城陷，七百余将士大多战死，范筑先自尽殉国。此举提高了全国民众的抗日觉悟，大大唤醒了民众不甘当亡国奴的民族意识。

一九四〇年至一九四一年，中国共产党领导的八路军为了提振全国民众的抗日信心，先后调动一百余团展开了对日寇的猛烈抗击，史称百团大战。他们拔除据点，攻占岗楼，破坏铁路，袭击敌人的重要能源基地，给日寇以沉重的打击，也有力地回击了国共合作期间国民党攻击八路军"游而不击"的谬论，在抗日战争最艰苦的相持阶段，发挥了重要作用。

一九四二年，日寇华北驻屯军司令冈村宁次为了巩固其所占领地，实施了一系列的强化治安运动，在占领区内反复清剿、抉剔、捕捉残杀我抗日军民，在西起石家庄、东至德州、北至沧州的几百平方公里的范围内，制造了数起惨案。他们杀人放火、烧毁民房，无恶不作，他们制造无人区，修筑据点、岗楼，四处开挖封锁沟，造成了十里无人烟、惨不忍睹的景象。原本安宁平静的村庄化为一片瓦砾，哀号之声不绝于耳。冀鲁边区的形势十分危急，面对如此情景，八路军渤海军区二分区部队根据军区指示，及时调整对敌斗争策略，主力部队由集中化为分散，以营、连为单位，依靠广大民众的支持，在鲁西北的大平原上、徒骇河两岸展开了卓有成效的抗日游击战。他们伏击日军、摧毁炮楼、铲除汉奸、惩治叛徒，神出鬼没地活跃在青纱帐里、丛林之中，给日寇以沉重打击。这期间涌现出众多的抗日英雄，他们为打倒日本帝国主义，夺取抗日战争的胜利谱写了可歌可泣的英勇事迹。

洼地突围

天,灰蒙蒙的,远处不时响起隆隆的闷雷声。一支十余人的队伍正在疾速沿着徒骇河右岸行进。

一九四二年五月的一天,八路军渤海军区获悉,日寇华北驻屯军将于近期纠集德州、沧县、无棣、惠民、临邑等十几个县的万余日伪军,有针对性地对冀鲁边区实施拉网式大扫荡。意图通过扫荡,彻底摧毁和消灭在敌后开展游击战的八路军部队及我党在该区域建立起来的抗日政权和组织。

这支十几人的精干队伍正是八路军渤海二分区派往军区乐陵教导队学习的排以上的干部。在教导队里,同志们都非常重视和珍惜这次学习的机会,反复推敲、认真研读了毛泽东的《论持久战》,深刻领会"敌进我退,敌驻我扰,敌疲我打,敌退我追"十六字的精髓。军区首长还亲自为这些学员授课,讲授游击战术的运用方法和经验,对于学员们提出的一些认知尚不到位的问题和疑惑也给予了耐心的解答,诸如在第二次国内革命战争时期制定的游击战的指导方针是否还能够指导抗日战争时期的游击战等问题,用"解剖麻雀"的方式给予了解读和剖析。更进一步地阐明了在敌强我弱的情况下,虽然面对的作战对象变了，但是，十六字方针仍是指导大家进行游击战的法宝，对我党仍有指导意义和作用，还解释道，目前共产党领导的八路军、新四军面对当前的敌人，不管处在何种情况下，都要依靠广大民众，运用机动灵活的战略战术，开展持久战，最终的胜利必将属于中国人民。

通过对毛主席这篇文章的剖析和讲解，大家真正领会了与日寇这场殊死较量的战争，是中国人民正义的战争。正义的战争必然会得到广大民众的支持，而获取战争胜利的强大武器就存在于民众之中。

同志们通过学习增长了见识，开拓了思路，增强了对日作战的信心，纷纷表示，回去一定要带领部队狠狠打击小鬼子。由于形势骤变，教导队提前结束了学习任务。这次学习时间虽短，但大家还是感觉收获不小，领会和掌握了主要内容，也有了十足干劲。

此时，正值分区政治部周胜武主任来军区开会，他正好带领大家一起返回驻地。获悉了敌人将对冀鲁边区实行大扫荡的可靠情报，大家匆忙收拾好行囊，辞别了军区首长，疾步走在返回二分区驻地——滋镇的路上，准备应对敌人的扫荡。队伍走得紧急，远处的闷雷声轰隆轰隆时断时续，不时划过头顶，更增添了几分紧张和沉闷的气氛。

周主任一边带领大家急速行进，一边思考军区首长的殷切嘱托："胜武同志，你回去后，要转告分区司令员和政委，要他们坚决贯彻军区的要求，把这些战斗骨干派下去，让他们发挥作用。面对当前形势，部队目标不易过大，要化集中为分散，依靠广大人民群众，在我们这大平原上展开反扫荡斗争，彻底粉碎敌人的阴谋，并逐步在敌占区建立起人民的抗日政权和组织。"

军区首长的指示，也预示着这次敌人大扫荡的严峻性和残酷性。此时周主任脑海中只有一个信念：我党培养的这些骨干，一个个都是生龙活虎的小伙子，拉出去个顶个都是好汉。把他们带回去，放到哪里都是一团火种，一旦燃烧起来就别想扑灭它。他越想越感到自己肩上责任重大，不管遇到怎样的困难，都不能让这支队伍有任何闪失。

徒骇河河水缓缓地流淌着，河岸边的红荆林枝条被风吹得摇曳晃动，枝条与枝条之间相互摩擦发出沙沙的声音，仿佛是一支乐队在大自然的环抱里奏出一曲舒缓美妙的旋律。红荆林旁边生长得高高的鬼拍手树叶被风吹得啪啪作响。队伍中不时有人边走边举起携带的水壶咕咚咕咚地喝上几口。这闷热的天气，着实让人喘不上气来，每个人身上都是湿漉漉的，汗水顺着脸颊不断地流淌着，一块毛巾湿了拧干，拧干了又湿，反反复复把人折腾得浑身虚软。

天上的阴云还在聚集着，大块大块的乌云翻滚着压了过来。这场大雨是肯定躲不过去了。队伍中有人无奈地抬头看了看天，小声地嘀咕着："看来这场雨是小不了喽！"

还有人应和道："下吧！下吧！反正咱们的衣服也已经湿透了，再来场雨淋一淋，等于下河洗个澡！"

行走在队伍里的独立团排长刘勇，擦了一把汗说道："这雨可不能下，真下起来，我们可就成了落汤鸡了！"

"嗯！"队伍中又有人用乐观的语气抢着说道，"不怕，雨天行军，这是咱八路军的强项，这才叫风雨无阻呢！何况这种天赶路也更安全，小鬼子是不可能出来的！"

走在前面的主任回头提醒道："不要说话，跟上队伍。"

话音还未落，瓢泼大雨伴随着狂风从天而降。黄豆大的雨点顷刻砸在大家的身上，发出唰唰的声音。一些低洼的地面瞬间被雨水冲出了无数条浅浅的小沟，雨水又顺着小沟哗哗地流向徒骇河堤坝。天地间一片混沌，十几米外都被雨雾笼罩得不见人影。在空旷的天地间，一边是徒骇河潺潺的流水声，一边是红荆林和鬼拍手在风中摇曳发出的沙沙声。

周主任无奈地叹了口气，赶紧招呼着大家，说道："先不要走了，到树丛里躲躲雨吧。"

同志们一听，一边抹着满脸的雨水，一边疾步躲入鬼拍手树丛中。

周主任是四川巴中人，出身于贫苦农家。为了能给家里省下一口粮食，他十一二岁便去为财主家放牛干活，常常受到财主家人的羞辱。小小年纪就得看人脸色，使他真实体会到了人间生活的艰辛和不易。也正是那样贫困交加的生活环境，培养了他勇于反抗、不甘沉沦的顽强性格。

一九三三年，红四军总指挥徐向前带领的红军队伍路过他的家乡，在他的家乡成立农会，发动群众打土豪分田地。他看红军对待穷人态度和蔼，又不欺压百姓，认准了他们是一支为穷人说话办事的队伍，便毅然扔掉了放牛鞭，报名参加了红军。之后他又经历了爬雪山、过草地的二万五千里长征。经过几年在革命队伍里的磨炼，他逐渐成长为一名成熟老练的部队指挥员。别看他个子瘦小，但是浑身上下透着精干，两眼炯炯有神，举手投足间透露着坚毅果敢的气质。一九三八年，他跟随萧华司令员率领的挺进纵队开赴鲁西北开展敌后抗日斗争，是个对敌斗争经验十分丰富的同志。

突如其来的雨势过后，大家整理好行囊走出了树丛，又开始了疾步行军。天地间刚刚经过一场雨水的冲刷，放眼望去，犹如一幅水彩画，清新湛绿。

队伍前行了不远，有人忽然发现远处有个村庄冒起了浓烟，好似村里的房屋被点着了。接着还隐隐传来时断时续的像是人的尖厉叫声，很显然这又是日伪军在肆意祸害老百姓了。情况不好！敌人是不是提前行动了？周主任马上命令大家赶快躲进路边的红荆林树丛中。大家一边透过红荆林树丛中的缝隙仔细地观察这个出现在眼前的意外情况，一边审慎地张望着四周。他们发现远远的东边、北边以及来的路上好似都有人影在晃动。

砰的一声枪响，声裂长空，在空旷的田野里显得尤为清脆响亮，久久回荡，传得好远好远。这让稍有战斗经验的人都能判断出，这是敌人在追逐目标时打的枪，从这枪声就能分辨出这是鬼子使用的三八大盖。

暂时无法辨清敌情，面对这突发的危机，周主任知道自己必须冷静地拿出应对之策。现在继续仓促前行，万一与敌人遇上，敌众我寡，肯定是不行的。河西的情况他们也不清楚，冒冒失失过河可能更危险，决不能这样鲁莽行动！

队伍中每个人都在思考如何应对当前的情况。

排长刘勇仔细察看周围的情况后，弯腰挪到周主任身边，悄声分析自己的看法："首长，再往前走恐怕是不行了！你看啊，这一带地形是这样的，往南二里多地有一片大洼地，老百姓都称这里为'铁营大洼'。

"'铁营大洼'面积很大，里边是大片的苇子丛，洼地周边全是封锁沟，这是鬼子强制附近村庄的老百姓挖的。这些小鬼子毒辣得很，他们成天欺骗老百姓，说挖封锁沟是为了建立大东亚新秩序，强化治安肃正，防止八路军四处流窜。只有消灭了八路军和抗日分子，才能共存共荣过上新生活。

"洼地西南面大约五六里地就是南王家。年初我们曾跟鬼子一个小队加几十个汉奸打了一场遭遇战。那一仗，小鬼子倒也没占到多少便宜，后来是我们主动撤离了战场，所以我对这一带印象比较深。"

听了刘勇的意见，周主任默默地点了下头，随即语气果断地说道："是的，看来这大白日的，我们是不能再往前走了。那样很容易暴露目标，也相当危险。我们只有先转入洼地进入苇丛，找个藏身之地，待天黑后看情况再决断。"

在周主任率领下，队伍又加速隐蔽前行了一段路。

果然，刚走了二里多地，众人眼前便出现一大片苇子丛。苇丛被刚刚的雨水冲洗过，显得清新水灵，随着风摇来摆去。而方圆十几里的大地明显呈陡坡状凹了下去。洼地里，生长着高低不平大概一人来高的苇子。苇丛密集处有浅浅的积水，稀疏处是干涸的板结土面。苇丛深处不时传来水鸡子的叫声，偶尔还有野鸭被大家拨弄苇秆的动作惊起，扑腾着慌里慌张地向远处飞去。大洼地里的苇子一眼望不到边。白天，这里确实是个隐蔽的好地方。

十来人的队伍急匆匆地越过封锁沟，钻进了茂密的苇丛深处，大家纷纷卸下身上的枪械行囊，解开了衣扣，活动着自己的身体。有的同志干脆把被雨水和汗水打湿的衣服脱下来拧干，搭在折断的半截苇秆上晾着，减轻身上的不自在感。他们各自瞎摸了块干爽平坦的地方静静地坐下来，舒了口长气。

此时，周主任默默地摘下装有资料和学习文件的咖啡色牛皮包，招呼了刘勇一声说："把你枪上的刺刀卸下来给我。"

刘勇随即卸下枪刺递给了主任，周主任用刺刀在苇根处挖了一个深坑，将文件包埋了进去。做完这一切，他向大家招了招手，示意大家向他这边聚拢过来，然后神色凝重地向大家交代道："同志们，看来我们现在所处的境地是非常凶险的。东、南、北三面都是敌人，而且敌人这次出动的兵力还不少，我们西面的情况暂时不清楚，不过基本可以断定我们已经处在鬼子的包围圈中，没有退路。下一步，任何事情都可能会发生，大家要做好最坏的打算！"

"万一,"他加重语气说,"我说的是万一!鬼子要闯进来搜查苇丛,我们就分散突围,不和敌人硬拼。突出去后,要依靠当地的党组织和群众,就地打游击,寻找合适的时机再返回部队。"

周主任话音刚落,刘勇就语气坚定地表示道:"主任,您放心,不管情况有多么危险咱都不怕!小鬼子也是凡身肉体,只要有拼死的决心,小鬼子也占不了多少便宜,大不了同归于尽,我们绝不会当俘虏!"

"对!"大家听了也纷纷表示道,"绝不会当俘虏!"

还有人干脆插话道:"有啥大不了的?咱们拼掉他一个够本,拼掉他两个就是赚的。怕啥?怕死就不当八路军了!"

周主任望着这些血气方刚的小伙子,每个人的眼神里都透着坚毅,脸上带着视死如归的神情。他点了点头,用深情的目光又仔细地看了大家一遍,叮嘱道:"在这种情况下,保护好自己,就是保存革命的有生力量,不要盲目硬拼,不到万不得已,决不能暴露目标。这是党交给我们的任务,大家一定要牢记。"

说完他就将这十几个人的队伍分成四个战斗小组,交代了各组应注意的事项。各组归位后,都凝神屏息地听着外边的动静。

此时,外面人喊马嘶。一阵枪声过后,踢踏踢踏的杂乱的马队奔跑声由远及近,越来越清晰,鬼子哇啦哇啦的吼叫声夹杂着汉奸伪军的吆喝声不断在耳边响起。

"砰！砰！砰！"又是一阵枪响，声音越来越近，好似鬼子已来到眼前。

鬼子的扫荡开始了！大家紧紧握着枪杆，手都攥出了汗。

刘勇在苇丛中低头专心听着外面的杂乱声，他捅了捅身边的侦察排长储建文，悄悄地说道："建文，你听声音，外面的小鬼子好像停下来了，木（没）得今天不走了？他们这是又想要啥花招啊？"

储建文点了点头也轻声回答道："嗯，不知他们要什么花招，看来今天又要跟鬼子面对面斗一斗了。"

储建文继续说："大不了就拼他个你死我活，你匀给我一颗手榴弹吧，以防万一。"

刘勇默默地从手榴弹袋里拿出了一颗手榴弹，递给了储建文。

侦察排长储建文入伍前是一位锔锅匠，跟他爹学得一门锔锅、锔盆子、锔碗、焊锡壶的好手艺。他靠着这个手艺走街串巷，十里八乡都有名气。

有一次他走到齐阳县石垛桥据点附近时，被据点里的伪军叫了进去，伪军声称要锔一个摔断了的瓷壶。活干完了，他收拾摊子准备拿钱走人时，没想到遭了白眼，不仅一分钱没拿到，而且连一句好话也没有听到。伪军班长对着储建文大声训斥道："快走，快走吧，要什么钱啊？"又没好气地说道："你咋这么没眼色呢？在这里干活，哪有要钱的！再不走叫太君看到喽，把你那混饭的家什也给你砸喽！"

一听这话，储建文梗着脖子说道："老总，哪有这么不讲理的？干活给钱天经地义，我就是指着我这手艺混饭吃的，到哪里说也在理，怎么到了你这里就不行了呢？"

那伪军班长一听，瞬间来了火气，扯着嗓门叫道："你少啰唆！赶紧走，修了个破茶壶把，还值得要钱？就当是孝敬你大爷了！"喊罢，他叫了两个兵来，连推带搡地将储建文轰出了据点。

储建文离开据点后，窝了一肚子气，心想："我凭我的手艺挣钱，养家糊口，不偷不抢不坑人，这汉奸王八羔子凭啥这么欺负人啊？这不是拿着咱老百姓不当人吗？哼，帮着小鬼子欺负中国人！"

他越想越气，回到家后，把铜锅挑子一撂，跟他娘说："娘，我要出个远门。"

他娘问道："这是又想去哪儿啊？"

"你别管了，到时我会告诉你的。"储建文对他娘道。

干铜锅匠这一行，一出门就是十天半月回不了家，因此，他娘也习以为常，就没再多问。

储建文收拾了一番，直接打听着奔了乐陵，找到了挺纵，参加了八路军。这是一九三九年的事了！

由于储建文入伍前是个手艺人，过去挑着担子走村串乡，因此方圆百里内都是熟门熟路，去哪里闭着眼都能摸到。他练就了一副健硕的好身板，平时话语不多，沉稳又睿智，一双机敏的眼睛特别有神，洞察秋毫，深得组织重视。加入队伍后,他就被分到了侦察班,当了一名侦察员,经过这几年的锻炼,他越发成熟起来。老排长调走后,他接任排长,有机会参加了这次教导队受训,不仅学到了理论,开阔了视野,斗争意志也更加坚定。

刘勇侧卧在原地,眯缝着双眼,琢磨着眼前遇到的这极端困境。他联想起刚入伍时,队伍里有很多从黄河以西过来的四川籍和陕西籍的红军老战士,他们具有十分丰富的实战经验,作战十分勇敢,浴血奋战在硝烟弥漫的战场上,哪里枪声密集就冲向哪里。由于他们家乡口音重,和他们在一起,语言交流不是那么顺畅,但是他们那种在战场上奋勇杀敌时所表现出来的临危不惧、铮铮铁骨的战斗作风和忘我的斗争精神,深深地感染着刚入伍的新战士刘勇。尽管刘勇也在之后的多次战斗中冲锋陷阵、立功受奖,还担任了排长,领导着这些甘当铺路石的老兵们,但是,和这些战友一起在一个战壕里与敌人拼杀,日夜相处、共同战斗生活的经历,让刘勇仍将他们视为自己的兄长和榜样,从他们身上汲取经验和教训,以提高自身的战斗素养和指挥能力。

他还想起当初,队伍里有个外号叫"老陕"的老战士,就曾经跟他说过:"战场上子弹乱飞,情况瞬息万变,没有固定的打仗模式,全靠自己头脑清醒、随机应变、沉着应对,情况越复杂,越要冷静,这么说吧,勇敢果断加冷静是制胜的法宝,战神是从战场上淬炼出来的,不是从学堂里走出来的!"这些红军战士从战场上用生命和血的教训换来的实战经验,刘勇一直当作座右铭牢记。

现在，面对如此复杂的敌情，刘勇暗暗猜想："如果老陕在这儿，他会怎样应对？他一定会有办法化解眼前的危机！"

刘勇悄悄地回应储建文道："是啊，真打起来，那咱就拼他个你死我活，没什么说的。不过，从现在的情况看，敌众我寡，还是不宜正面冲突，应先以保存自身实力为主。现在情况挺复杂，也确实挺危险，但还是要看事态发展。别看这会儿鬼子伪军停下来不走了，还设了游动哨，那也难不住咱，等天黑了咱们再见机行事。到了夜里，这儿不就是咱们的天下了吗？有啥大不了的，周主任肯定也会想到这一点的。"

云，渐渐散去，云层缝隙间有阳光透射出来，苇丛中的蚊子、飞蝇和各种小虫在阳光的照射下乱舞起来，讨厌地在人的头顶转来转去，不时扑到有汗味的军服上叮咬着。躲在这密不透风的苇子丛里面，真是闷热难耐。大家只是出发前匆匆吃了一顿早饭，紧张的行军、频频流汗，已消耗了大量体力，一个个肚子早已饿得咕噜咕噜乱叫。没有食物补给，水壶里的水也早已喝干，他们已经感觉浑身无力。苇塘里的积水污浊不堪，且散发着一股难闻的气味，根本无法饮用。大家口干舌燥，头脑发涨昏昏沉沉，嘴唇都起了干皮，但都暗自咬紧了牙关相互鼓励着。

时间一分一分地滑过去，大家都在急切地等待着太阳落山。突然，一只野兔从苇丛边缘窜了进来，惊恐地发现这里有人，然后掉头往苇丛深处奔去，由于速度太快，直撞得苇秆啪啪作响。大家的目光都不约而同地朝着野兔的方向望去，听着渐渐消失的声音，同志们紧绷的神经缓解了一下，转移了注意力，那种难耐的情绪也相应松弛了下来，刚刚无暇顾及的蚊虫又扑面而来，大家又开始驱赶蚊蝇。

一阵喧闹声后，周围环境慢慢安静了下来，大家都长舒了一口气。日头也渐渐落到了苇丛后面，暮色昏黄，人们的脸庞渐渐模糊了起来。他们透过苇丛缝隙观察，远处燃起了一堆堆篝火，封锁沟沿上有人在来回走动，是鬼子设的游动哨，看来鬼子、伪军是就地安营不走了。

周主任暗自思忖着："从扫荡的敌人在封锁沟上设置游动哨判断，估计鬼子对这片芦苇地有了戒备。"他向附近的刘勇和储建文招了招手，示意他们过来。

待刘勇和储建文靠近他后，他就以征求意见的口气说道："你们两个人也谈谈看咱们现在所面临的状况，我们在暗处，敌人在明处，我们现在能把外边敌人的举动观察清楚，而敌人还没有发现我们，在这种情况下，敌人会怎么做呢？"

沉默了片刻，刘勇说道："依我看，鬼子对这片洼地的戒备心还是挺重的，我们在这里不宜久留，天黑以后，必须突出去！"

储建文也随之补充道："对，小鬼子在这周边停下来，肯定有他们的原因，而且，各种迹象表明，这一次的鬼子大扫荡，短时间内不会停止。我们躲在这洼地里很危险，更何况没有吃没有喝，是很难长时间坚持的！"

周主任听了刘勇、储建文两人的分析和看法，也认同地"嗯"了一声，点了点头说道："有道理，我们不能在这里坐以待毙，等天黑了必须突出去！天亮后，日军一旦对这片苇子地下手，那我们就被动了，而且他们火烧芦苇地都是有可能的！"

拿定主意，决心已下，周主任随即命令道："今晚突围时，建文同志你跟着我，有什么情况，可以随时通知各组；刘勇同志你殿后，你对这一带地形比较熟悉，如果遇到意外，可就地打游击！"

"是！"两人接受指令后，各自回归原位。

大家都在默默地等待，一遍一遍地检查和整理着自身的枪械和行囊，生怕行动时碰出声响。

说快也快，仿佛一眨眼的工夫，日头就落山了。天终于渐渐黑了下来。上半夜没有月亮，一会儿就黑得伸手不见五指。

"出发！动作要快、要果断，注意一定不要发出声响。"周主任悄声地命令道。

大家早已按照事先分好的小组集中在一起，整装待发。

主任一声令下，大家顿时拉开了相互间的距离，一支行动迅速的队伍借着夜幕的掩护，鱼贯似的摸到了苇丛边缘，匍匐在地，暗中观察着外边的情况，等待着周主任下一步的指令。

这时，侦察排长储建文凑近周主任的身边，悄悄地报告："首长，来的时候我观察过这一带地形。距离洼地约五十米处有一条封锁沟，封锁沟往西没多远就是河堤。"

周主任点了点头，环视四周，并无异常，便向身后的同志们传令道："往下传，一组紧跟一组，行动时注意沟上的游动哨，一旦被敌人发现，不要恋战，跟上队伍，决不能掉队。"

"是！"随着命令的传达，大家都小心翼翼地一个紧挨着一个，没有发出一点声响地迅速穿过苇子丛，来到了封锁沟边沿。他们一个跟着一个身手敏捷地翻入沟内，眨眼间，便消失在黑漆漆的夜色里。

"一、二、三、四、五、六……"刘勇瞪大了双眼，在黑暗中默默地数着人数，生怕漏掉一个自己的同志。待他注视着所有人员都安全离去后，才小心地移到封锁沟边沿，机警地抬头望去。这一望不要紧，竟然将他惊出了一身冷汗，原来，前方有一团黑黑的身影，竟是设置在沟上面的敌人游动哨，此时，他正端着枪，弓着腰向这边摸过来，距离不过十来米。从对方的行动判断，可能是敌人听到了什么动静或者怀疑这边有什么异常情况，但又不能肯定，所以正往这边瞄着。刘勇见状，不再迟疑，迅速翻身入沟，头也不回地向西奔去，追上了队伍。

暂时甩开了敌人游动哨的监视，借着封锁沟下不容易被敌人发现的便利，队伍加快速度又穿行了一段路程，终于接近河堤了。为了不再出意外，大家先谨慎地在河堤边屏住呼吸观察了一阵，确定附近没有异常，周主任才命令各组赶快行动。大家听到命令，就以极快的速度翻过河堤，转眼来到了河岸边。

看着那缓缓流淌的徒骇河水，大家才长舒了一口气，脸上稍稍有了轻松的笑意。

在昏暗的夜色里，一百多米宽的徒骇河弯弯曲曲，像长蛇般向远方伸去，缓缓流动的河水泛着水银色的光波，影影绰绰地倒映着大家的身影。

大家正准备过河，只听百米开外的河岸上伪军扯着嗓子喊道："站住，干什么的？"

突然听到从远处传来的吆喝声，大家立时又警觉了起来，刚刚放松下来的心又提到了嗓子眼，纷纷匍匐在地，做好了战斗准备！

此时，周主任当机立断地挥手示意大家道："快！快！快！赶快下水，不要恋战！"

听到命令，大家忘记了之前的疲劳，迅速跃入了水中，拼命地向着河对岸游去。

岸上的敌人咋咋呼呼的，见这边没有回音，有几个伪军便慢慢朝着大家所处的河堤边摸了过来。在这危急时刻，殿后的刘勇身体紧紧贴在堤坝上，两手紧握着枪，睁大双眼盯着前方，还不时回头注视着一个个入水的战友们。

伪军的距离越来越近，杂乱的脚步声也越来越清晰，敌人每接近一步，都似在敲击刘勇的心脏一样，刘勇焦急地回头请示周主任："主任，打不打？"

周主任双手忙在嘴边拢成喇叭状，压低声音回道："不行，不能打，不能暴露目标，赶快撤下来！"

听到命令，刘勇迅速从河堤上撤下来，把长杆大枪往肩上一背,和主任一起跃入水中。入水时发出的哗啦哗啦的响声,一下子惊动了河堤上慢慢走过来的伪军。

"这里有人下水吗?"伪军们嘀咕着,看不清前面的情况,又不敢贸然前行,便对着黑黢黢的河面啪啪啪毫无目标地打起枪来。凌乱的子弹落入河水发出滋滋的声音,激起一窝一窝的水花。

入水后,背上的行囊经水一泡,压在身上格外重,大家全然不顾,互相鼓着劲奋力向对岸游去。每个人的脑中只有一个信念:快!快点!再快点!冲向对岸,就是胜利!

在空旷的田野里,枪声惊动了在几里地外巡逻的鬼子,他们驾着摩托车突突突地赶了过来,见到河堤上的几名伪军,便严厉地问道:"打枪的,什么的干活?"

伪军班长用手指着河面回道:"太君,河里看不清楚,光听到有声音,河里好像有人,所以我们才打了几枪!"

鬼子听后,用摩托车车灯扫射着河面,观察了一阵后,未发现情况,便训斥道:"人的没有,乱打枪的,暴露目标,你们统统混蛋的!"骂完后,才跨上摩托车去了别处。

几个伪军被鬼子一顿训斥,一个个立在河堤上不知所措,等鬼子的摩托车远去后,伪军班长满腹牢骚地骂道:"他娘的,小日本!你骑个电驴子牛气个啥?算个屁!要不是因为队长是咱大哥,我早就不在这儿混了!"正说着,他听到河对岸好像传来窸窣声,便用手半罩着耳朵仔细听了一会儿,感觉对岸像有人出水,便摸黑朝着对岸砰砰啪啪地又放了一阵枪。

这时，已经游到岸边的分区独立团副指导员孙义仁猛然间感觉左肩像被尖硬的东西刺了一下，随后便又麻又胀，他摸了一下左肩刺痛的部位，一看，鲜血染红了手掌，自知是被刚才的乱枪击中受伤了。他咬紧牙关忍着伤痛，默默地坚持上了岸。

大家陆陆续续地上了岸。殿后的刘勇发现上岸后的孙义仁身体歪了几下，赶快上前关心地问道："你怎么了？"

孙义仁悄声回道："我挂彩了！"

刘勇一听，连忙问道："伤哪儿了？"

"左肩膀。"孙义仁说完吸了一口气，叮嘱刘勇，"先不要声张。"

"那怎么行？"刘勇边着急地说边帮孙义仁卸下枪械行囊，挎在自己身上，然后扶着他爬上了河堤。

上岸的同志们轻松地舒了一口气，稍作休整。周主任正准备督促大家继续赶路时，刘勇过来报告了孙义仁负伤的情况。

周主任一听，急忙走近孙义仁，关切地问道："伤在哪里？要不要紧啊，伤得重吗？"

一听有人受伤了，大家也围了过来询问情况。有人赶快找出了急救包，为他进行了简单包扎。同志们都提议要背着孙义仁走，孙义仁执意不肯，并向主任表示道："主任，我没关系，可以坚持，不麻烦同志们了！"

周主任见此，心疼地点了点头说："那好吧，暂时先这样，别强撑着,如果实在不行也别硬挺,就让同志们背着你走,你必须服从!"

"嗯。"孙义仁点头应道,之后便在刘勇的搀扶下,跟着队伍朝着西南方向的滋镇奔去。

刘长才参军

山东陵县滋镇——渤海军区二分区驻地。"丁零零，丁零零"，电话声不停地响起，各部门都在紧张地忙碌着。为粉碎敌人的大扫荡，司令部正在召开会议，讨论分析敌情。作战科长将各县区报来的情况整理汇总后，详细地汇报给与会的领导们。从各县收集的情况判断，这次日军实施扫荡的残暴程度不同以往，其兵力之多、途经范围之广、扫荡时间之长、手段之凶残，都是超出想象的。残酷的现实已经摆在了面前。

鬼子有计划、有预谋地扫荡，所到之处杀光、烧光、抢光，给当地百姓制造了无尽的灾难。他们逼迫当地百姓修筑岗楼，开挖封锁沟，在各村建立名义上为了"大东亚共荣"的维持会，豢养了一批效忠天皇和大日本皇军的汉奸及伪保长。

一时间，五里一堡，十里一据点，处处设卡，村村有眼线，使得八路军部队的行动十分困难，也使他们在近期与日伪军的遭遇战中，损失惨重。往日安宁祥和的冀鲁平原黑烟四起、满目疮痍，刚刚建立的革命政权和抗日组织遭到了极大的破坏。老百姓更是苦不堪言，行为举止稍有怠慢或不从，便招来杀身之祸。到处可见衣衫褴褛的老百姓流离失所、无家可归的凄惨景象。往日平静的村庄被洗劫后只剩一片瓦砾，有的地方已经出现了无人村。

教导队受训的骨干成员归队后，都接受了任务，奔赴战斗一线。他们发动群众，组织武装力量，利用在本地人熟、地熟、环境熟的优势与日寇展开了机动灵活的游击战。

独立排排长刘勇，这一天接受完任务，正待离开分区司令部时，忽然听到身后传来一声轻轻的呼唤："刘勇哥！"

刘勇听到背后有人叫他，回头一看，原来是分区卫生所的护士王慧萍。

年方十九岁的护士王慧萍，出落得犹如含苞待放的花蕾，浑身透射出青春的活力。自从参加八路军后，在同志们的帮助下，她进步很快。今天，她穿着一身合体的白色护士服，显得尤为利落。

刘勇见是王慧萍，连忙迎上前去，高兴地说道："慧萍，我刚接受了任务，正准备回去呢！"

王慧萍瞪着一双明亮的丹凤眼，含情脉脉地应道："是呀，俺也是听说你来开会了，才过来找你的。"说完，她将藏在身后拿着的一双新鞋递到了刘勇面前，柔情地说道："刘勇哥，这是俺刚做好的一双千层底布鞋，你穿上试试看合适不？"接着又说道："成天在外面东跑西颠地打游击，费鞋，没有跟脚的鞋可不行，给你！带上吧，也好有双替换的。"

刘勇一听，默默地接过王慧萍递过来的新鞋，他心里高兴得不知如何是好，王慧萍脸上泛着红晕，柔声细语地叮嘱道：

"刘勇哥,这兵荒马乱的年月,你可千万千万要多长心眼啊,在一线和鬼子汉奸周旋,碰到紧急危险的情况,也别光着急上火,多听听大伙的意见,俺等着你回来!"把心里的话说完,精心准备的东西也亲手交到了刘勇本人手里,王慧萍便心满意足地向刘勇告别道:"好了,俺走了,俺还得赶快回去护理伤员呢!有个指导员,他伤得可重了,这不,医生刚给他做完手术,身边一会儿都不能离人。"

刘勇一听是个指导员负伤了,就问道:"这个负伤的指导员是不是姓孙?"

王慧萍应道:"是呀,是姓孙,叫孙义仁。"

原来王慧萍看护的正是和刘勇一起学习结束返回时遇险受伤的孙义仁。刘勇随即关切地问道:"他现在情况咋样了?"

王慧萍回道:"哎,他伤得可不轻。左肩胛骨都被打碎了,整个人又在水里泡了半天,那胳膊肿得呀,有大腿粗,又黑又紫,医生给他手术,费了好大劲才把碎骨头取了出来。"

"哦!"刘勇语气沉重地应道。

王慧萍又问刘勇:"他当时伤得那么重,他是咋坚持着走回来的呀?你们这些上战场的人,真了不起,骨头真硬!"说着说着,她心肠一软,眼泪差点流了下来。

刘勇听后回道:"当时我看到他脸色煞白,汗珠子跟豆粒似的往下滚,就知道他伤得不轻。可没办法呀,当时的情况太紧急了。大家刚下水,那些伪军的枪子就冲着河里乱打一气,也弄不清岸上的伪军到底发没发现我们。大家都管不了那么多了，拼命地往河对岸游。因为主任让我殿后，所以我在最后紧盯着他们，生怕有落下的。刚上了岸，我就发现他有点不大对劲，身体歪着还摇摇晃晃的，我赶紧上去问他咋了，他才悄声地跟我说他受伤了，还嘱咐我不要声张。我一边帮他把行囊从身上解下来挎在我身上，一边扶着他爬上河堤。他浑身抖得不行，大汗珠子就往下滚啊，让人看了揪心。一上岸，我就把情况报告给了主任，主任也很着急，没办法，在那种情况下，也只能简单地给他包扎一下，后来那段路同志们都抢着要背着他走，他硬是不肯，就这么坚持着走了回来。"

王慧萍听罢，吸了口气摇了摇头说："唉，真遭罪了！咱们这儿麻药紧缺，医生给他做手术时，为了减少他的痛苦，虽然给他用了一点，但是剂量小，那麻药劲很快就过去了。医生清理伤口，用镊子从他肩胛里一块一块地往外取碎骨时，都能听到他牙齿咬得咯吱咯吱的响声，疼得他黄豆大的汗珠子啪嗒啪嗒地掉在地上，浑身发抖，他硬是没吭一声。我在旁边都不忍看下去。他就这么硬生生地扛了过来，真不简单！"紧接着王慧萍又用赞叹的语气说道："你别看他戴着眼镜，文文弱弱的，哪承想他还挺坚强的！"

"嗯。"刘勇用肯定的语气说道，"你们还是不了解他。我和他在一起学习的这段时间，发现这人可不简单，是个不会轻易向困难低头的人。"接着，刘勇又对王慧萍说："我听别人介绍，他在参加八路军之前就入了党，之后他就以教书为掩护，在学校里积极宣传马克思主义和共产党的主张，并领导成立了地下党支部。后来在一次开会时，不知怎么走漏了风声，被国民党特务抓到了，关进了齐阳县警察局监狱，他们对他用尽酷刑，把他打得遍体鳞伤，他受尽了百般折磨，可硬是一声没吭。直到国共合作后，才被放了出来，是条真汉子！"

"哦，怪不得他骨头这么硬，这么坚强！"王慧萍眼神里透着对英雄的敬佩。

两人聊着聊着，不知不觉竟然就过了大半个小时。突然，王慧萍像想起什么事一样，赶忙说道："哦，刘勇哥，不能再耽搁了，俺得抓紧回去了，你多保重吧！"说完一转身，甩动着两条又黑又粗的大辫子，一路小跑回了卫生所。刘勇呆呆地站在原地，望着王慧萍那颀长轻盈的身影从眼前离去，手里摩挲着王慧萍精心给自己缝制的新鞋，想着她刚才对他那一番关切的嘱托，心里感到无比温暖，沉浸在幸福之中。

刘勇和王慧萍的结识，也算是一段奇缘。

王慧萍出生在一个较为富有的乡绅之家。父亲是个知书达理之人，为人和善。周围乡邻有了困难，他都会伸出援手，给予帮助，从不求回报，在十里八乡有着好名声。不幸的是，王慧萍的母亲在王慧萍三岁时就病故了。为了小慧萍，她父亲再未续弦。自打慧萍出生后，父母就视其为掌上明珠，甚是稀罕。早她几年出生的大哥、二哥在家中都要让她三分。在这个家里，疼爱她的父亲不让她受到半点委屈和闪失，但也常常因为小慧萍的执拗与任性，让两个哥哥受了不少委屈甚至是皮肉之苦。一家人因为慧萍的到来增添了许多生活乐趣。日子就这样一天一天飞快地过去，小慧萍长成了亭亭玉立的大姑娘。

自从日本鬼子占领了这片土地，便打破了老百姓原本宁静的生活。日伪军的不断骚扰，弄得这里鸡犬不宁。人们为躲避横祸，四处逃难，以往祥和的村庄变得了无生气。一些不甘当亡国奴的有志青年，纷纷觉醒，奋起抗争，投入八路军的队伍中。

慧萍的两个哥哥也先后加入打鬼子的队伍。两人因为有知识、有文化，作战勇敢，对敌斗争坚决，很快被委以重任，领导着一支抗日武装力量，沉重地打击了日寇和汉奸，在当地有了一定的影响。这也使得敌人十分恼怒。

鬼子从多方渠道打探到慧萍父亲的情况，多次派出汉奸上门威逼恐吓慧萍父亲，让其劝说儿子"迷途知返"，劝他们不要与大日本皇军对抗，否则，就满门抄斩！

慧萍父亲虽然也是识大体、明事理之人，但是他奉行"多一事不如少一事"的处事之道，生性胆小怕事，生怕真得罪了日本鬼子惹来杀身之祸。他经不住汉奸三番五次上门威逼，也曾劝说儿子不要与猖狂凶残的鬼子汉奸们进行激烈对抗，以免发生不测。但是，王慧萍的哥哥们与无数有血性的中华儿女一样，站在民族大义的立场上投身抗战，不满老父亲委曲求全的懦弱处事原则，他们以天下兴亡匹夫有责的情怀，坚决反抗外敌侵略，不断地打击敌人。这让据点的鬼子汉奸对其恨之入骨，想尽办法予以报复。

一日，齐阳县石垛乡据点的汉奸队长杨三在鬼子的指使下，携枪带人又一次闯进柳树寨村。

这杨三原本是石垛乡杨村出了名的二流子,吃喝嫖赌样样都占。日本鬼子占领了齐阳县城后,在各乡都设了据点,建了岗楼。杨三有个远房的叔伯兄弟在据点里当了个小队长,凭着这层关系,他时常能自由进出据点。他看到只要在据点里给日本人办事,就能混个有吃有喝,着实风光,时间一长,便动了歪心思,通过他的这个兄弟的引荐,麻溜地干上了伪军。

进了据点后,他凭着一副油腔滑调的嘴脸,颇得鬼子小队长的喜欢。一次扫荡中,他的那个兄弟被八路军打死了,便由他接替当上了汉奸队长,此后,他更加死心塌地为鬼子卖命了。

杨三带人进村后,闯进了王慧萍的家,不由分说,上去就要绑了王慧萍的爹,并声称要把他带到据点去。

老人家唯唯诺诺地活了大半辈子,哪里见过这阵势?直吓得浑身哆嗦,连连叩首作揖,乞求杨三再通融一回,缓他二日,他好再去劝劝儿子。但这回杨三是铁了心要绑他去据点交差。

双方拉扯推搡中,一向在家被娇宠惯了的王慧萍在里屋听到了,她实在不忍看老父亲受到这般屈辱,一个箭步从屋里冲了出来,也不知哪里来的那股子劲,上前一把拽开了正在撕扯老父亲的杨三,心疼地搀扶着父亲的手臂。她气愤地对着杨三大声呵斥道:"你们欺负一个老人算什么本事?你们没有爹娘吗?你们是中国人吗?你们给日本人当狗,干这些丧尽天良的事,不怕遭雷劈啊?!"

冷不丁地跳出一个敢于反抗的角色，还劈头盖脸地把杨三等人责骂了一通，惊得杨三眨巴着眼杵在原地半天没回过神来。

对于长期作恶的杨三来说，这还真是他头一回遇见这么有胆量的烈性女子，他愣了一下。待他回过神来，他寻思："我倒要看看啥女子吃了熊心豹子胆，敢在我面前撒野！"他眯着小三角眼，一瞅不打紧，心里不禁惊叹："嘿，这姑娘长得还真不赖，就一个字，俊！真如仙女下凡，亭亭玉立，恰似一株娇艳怒放的牡丹花。早就听闻当地王乡绅家育有一女，美若天仙，今天见到果然名不虚传，委实让人垂涎欲滴。"他便动了歪心，眨巴着两只小三角眼，不怀好意地蹭到王慧萍身边，慢吞吞地道："你不让你爹到据点去说明白你家里的事，那要不就你去说说？"

"我去就我去，有什么大不了的？总比给人当狗强！"王慧萍说完，回头宽慰她爹，"爹，你放心，我去去就回，不用担心。"

王慧萍的爹知道，去鬼子的据点等于自投罗网，那哪是说理的地方？一个姑娘家只身到据点里去，不明摆着是掉进狼窝有去无回，去送死吗？所以，他死死抓住女儿慧萍不让她去。周围乡邻早不满这些汉奸狗腿子敢在光天化日之下不分青红皂白就抓人，见状纷纷上前阻挡，为慧萍父女俩鸣不平。杨三眼见村民越围越多，不便肆意动粗，就大声嚷道："没事的一边去，我今天是奉太君之命，专找老王家说事，无关的人别瞎起哄。"说着，就要拉着王乡绅和慧萍上路。

村里一个十二三岁外号叫"小六子"的放羊娃，见一帮人闯进王乡绅的家里，估摸着没好事，便灵机一动，一溜烟地跑出十几里地，找到了在这里驻扎的八路军部队，气喘吁吁地报告了柳树寨村正在发生的事情。

小六子前两天放羊时，偶然见到八路军的部队路过，看到八路军队伍里的人个个和蔼可亲，都是好人。一个大不了他几岁的小哥哥还和他聊了几句话，让他倍感亲切。

别看小六子年龄不大，还真挺机灵。他想着八路军肯定就在这一带活动，立马找了过来，一边擦着汗一边将杨三来柳树寨村抓人的事情一五一十地说了一遍。

部队领导听罢，气愤地说道："这汉奸队真是嚣张，不杀杀他们的威风，老百姓真是没好日子过。这要是把人带到据点里去，肯定是凶多吉少。"他当即命令排长刘勇带领部分人员，抄近路赶在杨三回据点的必经之路截住他，决不能让他们把人带进据点里。

刘勇接到命令，便由小六子领路，带领人员急行来到了杨三返回据点的必经之路上埋伏了下来。

也该这杨三命绝。眼见着慧萍爹拉着慧萍死活不让走，杨三一怒之下，索性喝令手下将父女俩一起绑了带回据点，给太君送个大礼。他琢磨着要是赶上太君高兴，没准还能提携提携自己。于是，杨三手下几人将王慧萍父女俩捆绑结实，摇头晃脑地出了村庄。

也就一袋烟的工夫，刘勇便远远地看见杨三及汉奸队绑着王慧萍父女朝着他们埋伏的地点走来。杨三嘴里叼着烟，不时回头催促着"快走快走"，嘴里还不停地骂骂咧咧道："我说你们爷儿俩这叫敬酒不吃吃罚酒，跟你们好好说，你们就是不听，你们这叫活该。等到了据点，太君那里有你们好果子吃，哼！"

杨三话音刚落，只见刘勇从旁边埋伏的地方忽地站起来，还未等对方看清是什么情况，砰砰两枪，就将神气活现走在前边的杨三打倒在地。其他汉奸被这突如其来的情景吓得面如土色，一个个跪地求饶道："长官饶命，长官饶命！我们也是被杨三逼的，也是为了混口饭吃，饶了我们吧！"

刘勇快步上前，为王慧萍父女俩松了绑，并连连安慰道："大爷，姑娘，让你们受惊了！"他转身冲着那帮汉奸怒斥道："以后要再让八路军看到你们欺负老百姓，给鬼子当帮凶，绝饶不了你们。你们拍拍胸脯掂量掂量，你们身为中国人，也是有爹娘有兄弟姐妹的，当汉奸为日本人卖命，对得起你们的爹娘吗？当汉奸是不会有好下场的。如果你们继续为鬼子卖命，为非作歹，今天杨三的下场就是明天你们的下场。"

"是！是！是！"汉奸们连连点头哈腰地应承着。

刘勇继续训斥道："今天这笔账先给你们记下来，如果下次再让我碰到你们做坏事，那就没这么简单了。现在你们可以回家，把枪留下，不准再回汉奸队给鬼子当走狗了！"

几个汉奸一听八路军要放人，还以为是听错了，不敢相信自己的耳朵，待回过神后，一个个你捅捅我、我拉拉你的，立马千恩万谢地离去。

处理完几个汉奸的事,刘勇转身询问姑娘:"你叫什么名字?"

"我叫王慧萍,这是俺爹!"王慧萍连忙回答道。

"哦,天不早了,你照顾好老人家,赶紧回家吧。今天多悬啊,太危险了!"

就在这匆匆的一问一答中,王慧萍潜意识里对这位八路军产生了好感,认可了这个年轻的八路军战士,脑海里对这位有救命之恩的八路军战士刻下了难忘的印记。

于是,她壮着胆子试探地对刘勇说道:"大哥,你说这家我还能回吗?回了家鬼子汉奸就能这么算了吗?肯定还会来找我们的麻烦啊。"说完,她又回头问她爹:"爹,您说是吧?"

慧萍爹点了点头说道:"是呀,是呀!打死了他们的人,他们还能轻易放过我们吗?你说这怎么办呀?"说完摊开双手,直摇头。

慧萍又说:"八路军大哥,干脆让我也加入你们八路军吧,我想跟着你们走。我学过护理,我会照顾伤员,我能干很多事。"

刘勇一听,连忙说道:"这可使不得。我们八路军一天到晚东奔西跑、居无定所,到处打游击,那么艰苦,你一个姑娘家哪能吃得消啊?再说,参加八路军是要党组织批准的,不是想参加就参加的。"

"不!"慧萍执拗地说道,"八路军大哥,你看今天这事,要不是乡亲们帮着阻拦多耽搁了一会儿,我们早就被绑到据点去了,不是你们八路军半路把我们救下,没准我们就死在鬼子据点里了呢!我这回是铁了心要跟八路军走,爹您同意吗?"

慧萍爹最了解自己女儿的脾气秉性,知道她决定要做哪件事,十头牛也拉不回来。他想想这回的遭遇,心有余悸:"如若让女儿跟着八路军去,不管条件多么艰苦,起码那里的人对老百姓好,也能保住闺女的命。自己这老头子活了今天没明天的,万一自己真走了,那闺女可就受罪了。"想到这儿,他就帮着闺女乞求道:"八路军同志,我看你们都是好人。你看看,今天得亏你们把我们爷儿俩救下。我要是和我闺女再回去,那些鬼子汉奸能饶过我们吗?还不得找上门来跟我们算账啊,到那时性命还是难保啊!"

刘勇一听心想:"老人说的也是。除掉了杨三这恶贯满盈的汉奸,虽然把这父女俩救了出来,但是鬼子那里是不会善罢甘休的,肯定要报复的。为了安全,不如先将他们安置到堡垒户家中,待请示组织后,再做安排。"考虑后,刘勇便对慧萍父女俩说道:"这样吧,老人家,我们先给你们找个可靠人家,去那里暂时躲一躲,等我们请示了上级以后,再看看怎样安置,如何?"

"好,好啊,行!八路军同志,我们听你的,我们都听你的,谢谢八路军同志!"一颗惴惴不安的心总算放了下来,老人连连感谢地回答道。

对于慧萍父女俩的要求,刘勇给了暂时答复。安排好他们落脚的地方,刘勇一行人辞别了他们父女俩赶回了部队,汇报了事情的处理情况,还重点谈到了王慧萍要求参加八路军的愿望以及她的护理特长。组织在经过了一段时间的考察之后,同意了王慧萍的要求。

在队伍里,慧萍又几次与刘勇接触,姑娘心里慢慢对这位年轻人产生了一种莫名其妙的遐想,常常有意从各种渠道打听刘勇他们的情况,暗暗有了一份牵挂。

慧萍的心思,父亲是最能揣测出端倪的。慧萍爹在柳树寨村遇险被八路军出手相救,虽与刘勇只有过一面之交,但这个年轻人给他留下了好印象。他觉得这小伙子处理问题有板有眼,又善解人意,能体谅别人的难处,是个好后生,将来如若能成为慧萍的终身依靠,那自然是求之不得的幸事。

但是在风雨跌宕的乱世中,战事频繁,刘勇和王慧萍没有合适的机会凑在一起商讨此事,但情愫的种子已深深地埋藏在这一对年轻人的心中,只待生根、发芽、开花……

刘勇回想着和王慧萍相识相爱的甜蜜过程,原地呆愣了片刻,随即平复心情,恢复了常态,将慧萍送的布鞋装入包中,带着对美好未来的向往和对慧萍的思恋之情离开了分区驻地,奔赴新的战场。

一九四二年的夏季,天气格外炎热,火辣辣的太阳炙烤着地面,整个大地就像一个蒸笼,闷得人透不过气来。在临齐公路上,一辆马车吱呀吱呀地由北向南行驶着,车上载满柴火,要送到鬼子的炮楼去。这是维持会摊派的任务。赶车的车把式被这正午的日头晒得昏昏沉沉，坐在车板上似睡非睡地眯起了双眼，时不时习惯性地甩两下手里的马鞭，驱赶着老马前行。这匹疲惫不堪的老马瘦骨嶙峋，无精打采地低垂着头，摇摇晃晃地向前挪动着。当马车慢慢悠悠地驶到刘楼村附近时，老马再也无力支撑，身子一歪倒了下去。坐在马车上还在打盹的车把式猛地闪了个趔趄被甩出了车外，一屁股坐在了地上，手里的马鞭子也扔在了一边。迷迷瞪瞪的车把式滚落下车后，并没察觉是老马出了问题，嘴里还在骂骂咧咧地嚷道："他奶奶的，你不好好走道，晃悠个吗呀？想着找打吗？"待他起身拍了拍身上的土，定睛一看，自家老马已歪躺在地上，嘴角往外泛着白沫，只有出气没有进气了。他这才清醒，意识到坏了，是老马出问题了。他眼睁睁看着它在地上挣扎了几下，双眼渐渐失去了光泽，彻底咽了气。急得车把式捶胸顿足，拍着屁股，哭丧着脸，嘴里嘟囔着："这可咋办？这可咋办？"眼泪和汗水混合着一起啪嗒啪嗒地落到地上，他一时手足无措，就这么原地转了几圈后，一屁股坐在了死马边上，哭天叫地。号了一阵后，待情绪稍微平复，他这才抬起泪眼向远处望去，见几里地外有人家的烟囱冒着烟，想着应该寻个人来帮下忙，卸下驾辕的死马再说，便一把鼻涕一把眼泪地径直朝着附近的庄子走去。

这一切被正坐在路边大槐树下乘凉的村民刘长才瞅了个正着，他心中一乐，急匆匆回村寻来一把斧头，二话不说举起斧头照着马腿就砍了下去，心里美美地想着晚上就能吃上一顿香喷喷的马肉了。长时间未沾荤腥，这让人垂涎欲滴的马腿肉无疑是意外得来的美味。他正砍得起劲,车把式寻人返回,远远就瞅见有个人蹲在地上挥起斧头一下一下地砍着马腿,禁不住大声喝道:"你干啥呢?!"

刘长才此时已全身心沉浸在兴奋之中,对一旁的喝问并未在意,下意识地回道:"砍马腿呢!"

车把式连气带急地质问刘长才:"这是你的马吗?"

刘长才一副理直气壮的模样回道:"怎么不是?不是我的我能砍吗?"

车把式十分恼火地说道:"你这小子睁着眼在这胡咧咧哩!这是俺的马,刚死了还不到一袋烟的工夫,你凭啥来砍我的马啊?"说着就要上前抢刘长才手中的斧子。

刘长才一听话音不对,抬头一看是马主人回来了,情急之下,又狠狠砍了两斧头,提起砍下的马腿就走,心想好不容易卸下的马腿说啥也不能留下,于是索性蛮横无理地瞪着眼,嘴里骂骂咧咧道:"砍个马腿怎么了?你一个给鬼子送给养的,没把整个马给你拖走就不错了!再叫唤,连你的腿也卸喽!"

车把式心想出门在外,碰上这般狠人,还是少惹为好,马也死了,自认倒霉吧!

说到这个刘长才,那要追溯到一九二二年的农历九月。那一年的鲁西北大地遇到了从未有过的大灾荒,连日的滂沱大雨像天上开了道闸门泄洪,地里的庄稼被肆虐的大水冲得东倒西歪。大滴大滴的雨点子不停地砸向地面,砸碎了人们心心念念有个好收成的愿望。军阀割据,"城头变幻大王旗",你来我往打得不亦乐乎,到处都不太平。

地里的庄稼绝收了,老百姓也就断了生路。村里的人都各自找寻活路,能投亲的投亲,能靠友的靠友,有的实在无处可去,只好携家带口闯了关东。

在刘楼村村西头的一处破败不堪的庄户院里,一声婴儿的啼哭传了出来,刘家的三小子来到了这个世界。孩子出生时瘦弱得皮包着骨头,小脸皱皱巴巴面带菜色,头发稀稀拉拉的,一看便是营养不良的面相。接生婆在盆里洗了手,甩了甩水,在自己衣襟上蹭着水渍,丢下一句话:"这孩子命苦!"就颠颠地离开了这个破败不堪的小院子。

又多了一张嘴!孩子的出生非但没给这个家带来欣喜,反而愁得孩子爹蹲在门槛外唉声叹气,一袋一袋地抽着老旱烟。呜哇哇的哭声,揪着蹲在门外抽烟的男人的心,他无奈地冲着屋内扔了句话:"他娘,你奶奶孩子啊!"女人听见后,勉强撑起了身子,撩起衣襟,把干瘪的奶头塞进婴儿的嘴里。婴儿急切地使劲吮吸着,小脸都憋紫了,硬是吸不出一滴奶水。婴儿一声声撕心裂肺的啼哭声,着实让人心疼。

情急之下,孩子爹发了狠似的站起身来,停顿了一下,磕了磕手里的烟袋锅子,把它别入了腰里,抄起一把断了木柄的铁锹,戴上一顶破草帽,一脚水、一脚泥地走出了自家小院。出了小院,他茫然地四处张望了一阵后,向着远处全是水的地里走去,希望能在这烂泥地里找点能填饱肚子的东西。

孩子爹深一脚浅一脚地踩在这块烂乎乎、水汪汪的地里，用那把破旧的铁锹不停地在地里扒拉着，试图从这块被饥肠辘辘的人们翻找过无数遍的地里刨出奇迹来。回响在耳旁的孩子的哭声似乎也在催促孩子爹，无论如何也要在这里找到生的希望。真是老天饿不死那瞎家雀儿！在烂泥地里居然真让孩子爹找出两三块残缺不全的红薯。孩子爹捧着连泥带水的红薯如同挖到宝似的，着急忙慌地赶回家。他把红薯洗净剁碎，煮熟了碾成泥状，一勺一勺给孩子抿到嘴里。也许是出于人的本能，孩子竟然也吃得格外香甜。

孩子止住了哭声，静静地吃着地瓜糊糊，屋里终于安静了下来。孩子他娘看着躺在襁褓中吧唧着小嘴的婴儿，泪眼婆娑地对男人说："他爹，也得给三儿起个名啊，再穷，孩子也得有个大名吧，就算当个小狗小猫养着，也得有名有姓，你说是吧他爹？"

"嗯！"男人连连应和着，想了想，"是啊，不管他将来咋样，能不能成才，有了大名，那就有了个念想。哎，咱就叫他长才吧，就是长大了能够成才的意思，你说呢？可别像我这样，一辈子在烂泥地里刨食吃，没出息。"

他娘回道："那行，就叫长才吧！"

这个叫长才的孩子就在这个破败不堪的小院里一天一天地苦熬着，在这泥里打滚、缺吃少喝的环境里竟然也像豆芽菜似的发了起来，长成了个七尺男儿，一对又黑又浓的扫帚眉下是一双炯炯有神的豹子眼，健硕结实的身子板走起路来虎虎生风。

打眼看去，像个天不怕地不怕的勇猛后生，浑身上下有使不完的力气。

刘长才自幼顽劣，上树掏鸟蛋、入水摸鱼、下地套兔子的事全都在行。懂点事后，他便随村内武人习拳脚，在师父精心指点下，经过几年摔打磨炼，耍枪弄棒倒也有模有样。一日，他在集市上与一大汉发生口角，竟将人打得卧床不起。冷静过后，他记起师父的教诲："习武之人，要循武德，不可轻易伤人。失去武德之人，便是圈内败类。"他后悔不迭，多次上门赔不是，寻医问药，请郎中为伤者医病，终得伤者谅解。如今刘长才已近弱冠之年，只因家中贫困，尚未娶妻成家，还有一老母因病常年卧床，他平时靠种点地、打打短工维持生计。

鬼子入侵华北平原，强制各村成立了专为他们效力的维持会。平时喜好舞刀弄棒、性格张扬、敢作敢当的刘长才哪能看得惯村里维持会会长那一副奴才做派，他是打心眼里厌恶和憎恨，于是便隔三岔五明里暗里地给会长出点难题、找点别扭。会长碍于他是村里本家族人，看破不说破，不屑与晚辈一般见识，只是睁一只眼闭一只眼佯装糊涂，以求相安无事。

上个月，村里又派工到据点为鬼子挖防护沟，刘长才的发小刘壮壮在干活时，犯了烟瘾，想吸袋烟喘口气，便走到刘长才身边借了个火镰打火，不想被监工看见。监工上来不由分说，戳了刘壮壮两枪托，又踹了他一脚，骂道："你的偷懒的，干活不卖力气的有！"刘长才怒瞪双眼，心想："给你干活还挨揍，咱庄户人家也不能受这气啊。"他压不住心里怒火，便想上前讨个说法。村维持会会长见状赶忙上前拉住刘长才,回身对着鬼子点头哈腰,又是递烟,又是点火,小心翼翼地赔笑道:"太君息怒,太君息怒!我的管教不够,马上改正,马上改正!"

看着鬼子盛气凌人的嚣张样和会长的奴才相,刘长才暗自发问:"小日本凭什么在中国的地盘上耀武扬威地张狂,不就是有杆破枪吗?哼,等我有了枪,看我不把他撂倒三个五个的,好出口恶气!"

从此,刘长才的心中彻底埋下了那颗仇恨的种子。他暗暗发誓:"小鬼子,你别在这里张牙舞爪地瞎张狂,觉得中国人好欺负,老子早晚有一天要收拾收拾你们,让你竖着来中国,横着回你的鬼子窝去。你给老子记着,这口气要是不吐出来,我他娘的就不是刘长才!"

而刘长才生平干的最让人惊掉下巴的一件事,还得从两天前说起。

那天,距离刘楼村二十里地远的一个据点里,鬼子派了三个伪军到村里催夏粮。这几人进村后,在村公所里一顿好吃好喝。在闲聊中,一伪军得知本村东头有一个寡妇,家里男人死了好几年了,表面上一直是独居,背地里却常与外村人勾勾搭搭,至今也没寻上个正经男人过日子。说者无心听者有意,这好色之徒顿生邪念,找了个借口,悄悄溜了出来,去寻那寡妇去了。伪军进屋时,顺手把肩上扛着的一杆汉阳造大枪立在外屋墙根处,解下身上的子弹带,便去和寡妇套近乎了。这一切恰被路过的刘长才瞅了个正着,趁那伪军和那寡妇在里屋打情骂俏时,他悄悄地摸了进去,顺手抄起立在外屋墙边的大枪和子弹带,就溜了出来,把它藏在了自家院子里的驴槽下面。

这一连串神不知鬼不觉的操作实在利落。

那伪军从寡妇屋里风流快活完,走到外屋欲回村公所,猛然发现枪和子弹带不见了踪影,顿时惊出一身冷汗。他火急火燎地跑回村公所,跟会长和另外两个伪军支支吾吾了半天,才道明白在寡妇家丢枪的事。几个人一听,出了这么大的事,直惊得目瞪口呆,冷汗止不住地往外冒,半天没回过神来。

丢了枪可是要掉脑袋的大事,在日本人那里是交代不过去的。伪军和会长一时间都没了主意,搓着双手急得在原地转圈圈。领头的伪军班长指着丢枪的伪军责骂道:"你真是作孽呀!出这么大个事,咱们三人的小命保不齐都得交代了。"为了保住小命,几个人你一言我一语地嘀咕着,编造出了个谎言,称在搬运粮食时,枪立在旁边,不小心被当地的毛贼偷走了一支。定下攻守同盟,三人这才哭丧着脸,怀着忐忑不安的心情战战兢兢地返回了据点。谁都不敢想象回据点后,结局会是什么样。

到了据点三人自是不敢隐瞒,向伪军队长报告了丢枪的事情。

伪军队长一听,倒抽一口冷气,急得怒瞪着双眼盯着三人,像半天没醒过神来,接着捶胸顿足地直叫唤:"哎哟,这可咋办?这可咋办?太君那里知道了,可不会轻饶了你们!"他不得已带上三人去找翻译官,请翻译官报告给日本人,并帮忙斡旋这事。

日本队长听到伪军丢了枪,不禁勃然大怒,不由分说将三人捆了起来,说他们私通八路,一顿皮鞭子直打得三人皮开肉绽,一个劲地喊冤枉。日本队长打完仍不肯作罢,继续不依不饶地叫嚣道:"通通拉出去毙了,死啦死啦的!"

一听要枪毙,伪军队长连忙拉着翻译官请他在日本队长面前多多美言,饶他们一命。翻译官一听,为丢了支枪搭上三条性命,这事处理得未免太狠,就凑过去悄悄地跟队长说情:"太君,他们三人也是为皇军催粮才丢的枪,把他们杀了,事情也还是搞不清楚,不如先放过他们这一回,慢慢调查,待查个水落石出后再处理他们也不迟。"

此时,日本队长打人打累了,呼哧呼哧喘着粗气,听到此话,翻着小眼,怒气未消地摆了摆手,交代翻译官:"你去处理吧,一定要查清楚,查不清楚是不行的!"

翻译官一听,连忙应道:"是,是,是!"

一番周折,这三人总算保住了小命!

刘长才意外顺到枪后,自是喜出望外,梦寐以求的东西竟然轻轻松松就得到了,时常激动得半夜三更还睡不着觉,几次三番把枪偷偷取出来揽在怀里反复端详,不停摩挲着,爱不释手。他一边摆弄着心爱的枪,一边默默地思索着,一个藏在心里很长时间的想法又浮了出来:"扛着这杆枪去参加八路军,他们肯定会收下我的。"

拿定主意,刘长才就处处留意、打探八路军的踪影,心心念念地要参加八路军,只是鬼子扫荡频繁,又赶上据点不断向各村摊派民工挖封锁沟、盖炮楼,他脱不开身,参加八路军的事就此耽搁了下来。

一天夜里，刘长才正躺在炕上睡觉，忽听村西头有汪汪的狗叫声，他不知是啥情况，于是好事的他悄悄地披上衣服下了炕，瞪大眼睛从门缝往外瞧，只见几条黑影从他眼前一闪而过。这几人行动非常隐蔽，分明是不想惊扰村民。这可不像是鬼子和伪军汉奸队！刘长才心想："光听到传言，说八路军纪律严明，夜晚入村绝不扰民，难不成是八路军进村了？"想到这儿，他迅速穿好衣服，朝着黑影远去的方向悄悄摸了过去。

来到村西头，他见几个黑影正蹲在柴垛边商量着什么事，再仔细一听，居然听到了一个极为熟悉的声音——是村里小哑巴的爹刘贵在说话，他心里有了七八分把握。

他想："怪不得刘贵平时在村里说话办事不紧不慢、有板有眼的，遇上村里人有个难事，他都会上前搭个手，完事后不声不响地离去。这人不简单，很有可能是组织上的人，肯定跟八路军有联系！"心里有底了，刘长才悄悄地返回家中，佯装什么事情都没发生。"沉住气！"刘长才告诫自己不能着急，待寻着合适的时机找刘贵探探实情，表明一下自己要参加八路军的心愿。

又过了几日，村公所派工，全村壮劳力都去鬼子据点挖防护沟。刘长才带上工具慢腾腾地跟在大家后面，东瞅瞅西望望地搜寻着刘贵踪影。果不其然，不大会儿工夫刘贵也慢腾腾地跟了上来。刘长才用警惕的眼神环顾了一下周围，又看了看刘贵说道："叔，跟你打听个事。"

刘贵应道："吗事？"

刘长才做了个八字比画道："你认识这个吗？"

刘贵一愣道："我不认识。"

刘长才用狡黠的眼神盯着刘贵说道："我都看到了。"

刘贵忙回道："你看到什么了？"

刘长才又比画了个八字，说道："那天晚上来的那些人，我一猜就是他们。"他把那天晚上看到的情况说了一遍，还表达了自己想加入八路军的意愿。

刘贵一看隐瞒不过去了，他是看着刘长才长大的，这孩子虽然胆子大、性子野，常惹是生非，但在大事上，他还是能分出个里外对错来，不是那种坏事的人，于是就悄悄叮嘱道："干完活回村再说。"说完就紧赶两步追大伙去了。

二分区派出的武装工作队有二十余人，在队长刘勇的带领下，近日正在齐阳、临邑一带，徒骇河两岸活动。他们伏击小股日军，打击伪军，镇压死心塌地为鬼子卖命的伪保长及维持会会长，有力地震慑了敌人，使得敌人的嚣张气焰有所收敛，也增强了老百姓跟鬼子汉奸斗争的信心！

一天晚上，武工队到了刘楼村，刘贵向队长刘勇汇报了他们村有个名叫刘长才的后生想参加八路军的事，并介绍了一些他的情况，认为让他加入队伍，跟刘勇队长受教育、打鬼子，将来一定是块好料，能成事。

而此时，武工队为了增强对敌斗争力量，需要不断补充年轻力壮的人员，扩大自己的队伍。但是，刘勇队长向刘贵严肃地说道:"当前斗争形势比较严峻,条件十分艰苦,八路军队伍是有严明纪律的,他愿意参加八路军打鬼子,这是好事,但他这种在村里散漫惯了的人,能受得了部队严格的管理约束吗?加入队伍后他会不会一时难以适应,再打了退堂鼓?如果那样,对他个人来说就不太好了。所以,我看这样吧,他要真有决心参加八路军,最好请你们村里德高望重的人出来担保一下,给他点压力,防止他吃不了苦再干些违反纪律的事受到处理。"

话说到此,刘贵应道:"好!只要队长答应他参加八路军,我这就去请村里德高望重的人出来为他作保。"

隔了两日,在村西头的一间小屋里,刘长才在村里老人的见证下,签了字,正式参加了八路军,成了一名真正的战士。

待人散去后,刘长才神秘地跟队长刘勇说道:"八路军长官。"

刘勇道:"叫队长!"

"是,队长,我有一杆快枪!"

"嗯?你哪里来的枪?"刘勇问道。

于是刘长才就将那天顺走伪军长枪的事说了出来,末了还把头一扬,炫耀地说道:"一会儿我把枪拿来给你看看,还有两排子弹呢!"

刘勇赞扬地说道:"好!用它多杀几个小鬼子。以后好好干!"他问道:"当了八路军,就要骨头硬,不怕死,你能做到吗?"

"能！"刘长才拍着胸脯发誓。

从此，八路军武工队里多了一名英勇善战、让鬼子伪军闻风丧胆的英雄。老百姓口传："八路军真厉害，小鬼子不敢来。碰到了刘长才，不死也要栽！"伪军汉奸私下议论："这个人不得了，见到他躲远点，他杀人不眨眼！"他们给他起了个外号，叫他"活扒皮"！

闹市锄奸

一九四三年,冀鲁边区经历了敌人拉网式扫荡后,共产党领导的抗日政权组织遭到了不同程度的破坏。但形势越紧张,环境越残酷,边区军民对敌斗争的决心越强!

根据斗争形势的需要,也为了统一指挥行动和更有力地打击敌人,上级将活动在各地的小部分武装,整合归并为县大队,时任武工队队长的刘勇被任命为齐阳县大队大队长。

在县大队成立大会上,县长讲道:"我们这支队伍,要想在这广阔的大平原上顽强地生存下来,就要依靠共产党的领导,发动群众、依靠群众、武装群众,建立起我们自己的政权和组织。只有这样,我们才能站稳脚跟,狠狠地打击敌人,把日本鬼子赶出中国。决不能让日寇在这里肆意蹂躏我们的兄弟姐妹,疯狂屠杀我们的同胞。"

大队长刘勇也慷慨激昂地表示:"我们虽然在武器装备上不如日本人,但是,我们全体将士有一颗不屈服、不怕死、坚定抗日的心,我们有父老乡亲们的支持,他们就是我们的坚强后盾,我们一定能够战胜敌人,誓死保卫我们的家园!"说着说着,刘勇激动地高举起右臂用力地劈了下来,继续坚定而激昂地说道:"最后的胜利一定属于我们!"

所有人员都被大队长刘勇的气势所感染,战士们不由自主地举起了手中的枪杆,没枪的高举着闪闪发光的大刀,刚入伍的新兵也挥舞着镶着鲜艳红穗子的红缨枪,振臂高呼着:"打倒日本帝国主义!打倒汉奸、走狗、卖国贼!"顷刻,会场里群情激昂,杀敌之声此起彼伏。

县大队成立后不久,部队进行了短暂的整训,补充了人员,也抓住合适的战机主动出击,消灭了几股下乡骚扰百姓的伪军和汉奸队,队伍在当地老百姓心中有了一定的声望。

这一天,县大队转移到了孙王庄驻扎,吃完午饭,刘勇听到屋外有人询问道:"八路军兄弟,这里边是不是住着八路军长官?"

有人问道:"你找谁?"

那人又说道:"我找你们的八路军长官!"

刘勇隐约感到外边说话的人声音有点耳熟,便好奇地走出屋门想看看问话人究竟是谁,见一个农民装扮的人正在跟战士说话,便上前问道:"你找谁?"

那人答道:"我找八路军长官!"

刘勇说道:"我们这不兴叫长官,你有什么事就跟我说吧!"

"哦,是这样,八路军兄弟,我有件事想跟里边当官的说说。"话音刚落,那农民突然睁大了眼睛,惊喜地拉着刘勇的手,"哎哟!我终于找到您了,您不认识我了?"

刘勇问道:"你是谁?"

那人答道:"我叫齐大祥啊,前段时间在柳树寨村发生的那档子事,您还记得不?是您打死了那个汉奸队长杨三,让我们回家,您还记得不?"

"哦,"刘勇回道,"记得,记得!"他问道:"你咋又找到这儿来了,有啥事吗?"

那人语气坚定地说:"我要参加八路军!"

"参加八路军?"

刘勇惊奇地看着来人问道:"为什么呀?你为什么要参加八路军啊?"

那人干脆地答道:"我就觉得八路军好!八路军替咱老百姓摆公道,八路军专门杀小鬼子和汉奸,是咱穷人的队伍。"

刘勇听罢说道:"那你进屋来说吧!"

那人随刘勇进屋后,刘勇指着屋里的炕沿说道:"坐吧,老乡,有什么话就说吧!"

那人拘谨地坐在炕沿上,对着刘勇说道:"长官兄弟,在柳树寨村您放我们回去了,我没有回汉奸队,我回家了。我是齐阳县石垛李家湾村的,也是穷人出身,家里吃不上喝不上的,我之所以当伪军,全是杨三那王八蛋骗我去的。

"那杨三说,到了警备队住在据点里,每月有大洋发,冻不着,饿不着。拿到大洋还可以接济家里,而且,在警备队天天有大鱼大肉、白面馒头吃,比在家里强百倍。他说我也不小了,成天守着个破家,吃不上喝不上的,啥时候能娶上个媳妇?所以让我跟他走。我听信了杨三的话,跟着杨三来到了警备队。

"哪承想,到了警备队,看到的、听到的根本不是那么回事。那小鬼子太坏了,只要稍微看你不顺眼,就一顿拳打脚踢。我到了警备队,因为动作慢了点,都挨了两回揍了,我早就想离开那个鬼地方了。可那杨三在我们来了后放了狠话:谁要是私自往回跑,抓到后全家砍头,一个都别想活!我这才吓得不敢回家。那天,跟杨三去柳树寨村绑人,碰到了你们,你们打死了杨三,我们才能回家。八路军兄弟,您真是我的救命恩人!我记着您那天放我们回去时,对我们说,咱们都是中国人,都有爹有娘有兄弟姐妹,堂堂七尺男儿,不打鬼子当汉奸,那是给祖宗八辈丢脸,早晚都得是杨三这下场!

"其实我听您说完后,当时就有留下来跟着您干的想法,只是还有些犹豫,怕你们不要我,没敢说出来。回家后我心里也一直都在想:咱也是中国人,是个血性爷们,打鬼子除汉奸也得算上咱一份,咱不能当孬种。八路军兄弟,收下我吧,我会打枪,打得可准了!"

一番掏心掏肺的真诚之言,让刘勇对齐大祥有了一些好感,他郑重地说道:"当八路军不是你想当就能当的,我们八路军有严明的纪律,要经过严格的审查和考验,合格后才能批准。你这样,先插到队里,跟大家一起生活,适应一段时间,等批准了你才能算是一名正式的八路军战士。"他又强调:"当八路军是很苦的,我们这里可没有大米吃,也没有大洋发,吃不了苦是不行的。"

"我不怕!我不是为了大洋来的,我是真心为了打鬼子来的!"齐大祥毫不犹豫地回答。

"好,有点血性!"刘勇随即叫来了通讯员,吩咐通讯员把齐大祥领到队里去。

齐大祥一看实现了自己的心愿,心里别提有多高兴了。他离开队部,跟着通讯员来到了队里。从此枪林弹雨,他冲锋在前,浴血奋战,立下不少战功。不管环境多么艰苦,他都未曾动摇过,是刘勇可靠的革命战友。

一九四三年的冬天来临了。这个冬天格外寒冷,西北风吹得嗡嗡作响,几棵落了叶子的老榆树只剩下露出了白茬子的树干——树皮早已被饿急了的人们剥下来拿去充饥了。刺骨的西北风呼啸着,卷起的沙砾扑打到人的脸上像刀割一样。衣衫单薄、无家可归的人们一个个被冻得蜷缩在角落里瑟瑟发抖,倍显凄惨和困苦。穷人的日子实在难熬。

因为干旱,秋天作物又歉收,老百姓手中的那点粮食数着粒儿过,不知道这个冬天怎么才能熬过去。老天爷给人们带来的灾害就已让老百姓难以应对,这人为制造的祸端更是让老百姓的日子雪上加霜。

由于齐阳县城的鬼子汉奸频繁下乡征粮和赋税层层加码,老百姓生活苦不堪言。近段时间,县城据点里刚从济南来的伪军警备队长赵长顺更是坏事做尽,仗着日本人的势力,欺男霸女、横行乡里。每逢县城大集他都会去凑热闹,提点这个,拎点那个,割块肉不给钱,抓把花生嫌不脆,在县城的馆子里吃饭更是明说是赊账,其实就是白吃白喝不给钱。

一次,齐阳县城城东"益香居"的老板斗胆问了一句:"吃饭赊欠小店的钱,能否先给结点账?"

话还没说完就惹怒了赵长顺,他大骂道:"老子来你这儿吃个饭是看得起你,高抬你了,赊个账怎么了?你咋这么不识抬举呢?没有老子在这里护着你们,你饭店能开得下去吗?别给你脸不要脸,没事找事!"骂着骂着竟然拳打脚踢起来,把益香居老板打得鼻青脸肿,在床上躺了半个多月。吓得周围做生意的人成天提心吊胆、哆哆嗦嗦,生怕赵长顺哪天也闯到自己店里找碴儿,惹上是非。

几天前,赵长顺又闲得无聊出来闲逛,竟让他无意间碰上了县城东头砂锅店老板宋老四的小女儿宋桂芝。他一眼就盯上了这年轻漂亮、长相甜美的姑娘,竟然癞蛤蟆想吃天鹅肉,对桂芝死缠烂打,说要娶她为妻,并多次上门威逼利诱,搞得宋老四一家人敢怒不敢言,不知如何是好。赵长顺还唆使当地的痞子流氓上门胁迫:要是不同意这门亲事就砸了宋老四的店铺,往后别想过安生日子,抓紧时间给个明白话。

这宋老四之女宋桂芝,也是个识文断字、上过洋学堂的刚烈女子。在济南读书期间,由于她受进步同学的影响,接受过新思想,也参加过学生运动和反对日本帝国主义侵略中国的大游行示威活动,因此,她在学校里被定为学运活动积极分子,属于督学关注的对象,多次被传唤到督学办公室接受调查和审问。

一次,在接受督学审查时,面对督学猥琐的举止,宋桂芝慷慨陈词,历数国土沦丧、山河破碎的悲哀,痛斥了日寇占领济南后所犯下的滔天罪行。她冲着督学说道:"你睁大双眼看看,我们原本安静的学堂整日充斥着警车呼啸而过的声音,还能安静地坐下来学习吗?十几年前,日寇制造的'济南惨案'屠杀了我们一万七千多同胞,至今提起还让人悲愤。现如今,日寇又在济南疯狂捕杀学生领袖。这一桩桩一件件活生生的罪恶行径摆在面前,难道我们要无动于衷吗?我们岂能容忍外国人在中国的领土上肆意妄为?"

督学眨巴着眼,脸色一阵红一阵白,无言以对,只得板着僵硬的面孔训斥道:"学生就要安心学习,莫谈国家大事,政治的事那都是政府的事,与学生无关。学生不坐在课堂里,跑到大街上去参加不该参加的活动,就是违反校规,就要受到训诫,严重的是要开除学籍的。"

宋桂芝回道:"现在是国家生死存亡之际,我们已经没有安静的学堂可以读书了,当了亡国奴,只能受人欺侮、任人宰割,还谈什么安心学习?"

督学气得脸通红,手指着宋桂芝说道:"你的言论非常危险,你要为你说的话负责!"

"负责就负责!"说完宋桂芝转身离开了督学办。

没过几天,学校放了假,宋桂芝打理好行李,返回齐阳县老家,没承想回家去逛了个集市,竟凭空生出这般祸事。被赵长顺这个汉奸盯上,对方还扬言要娶她为妻,让宋桂芝感觉身心受到了莫大的侮辱。气愤之余,她冲着宋老四口气坚定地说道:"爹,这事我是坚决不会答应的,想让我嫁给赵长顺那个汉奸,那是白日做梦!"

宋桂芝抱着以死相拼的决心,暗暗准备了一把锋利的剪刀揣在身上,以防不测。如果赵长顺要硬来,她就割腕自杀,一死了之。宋桂芝的母亲也是整日以泪洗面不知如何是好,天天跪在观音像前,祈求菩萨保佑老宋家躲过这一劫。

世上没有不透风的墙,赵长顺要娶宋家姑娘的事,一时间在这个小县城里传得沸沸扬扬。人们茶余饭后又有了闲扯的话题。

有人悻悻地说:"这宋姑娘要嫁到据点里去跟赵长顺,那不得吃香的喝辣的?天天不得洋面白馒头、大鱼大肉,想吃什么吃什么?穿的那自然是不用说了,肯定是绫罗绸缎,那才叫个美。享大福喽!"

还有的说道:"也别光想得那么美,宋姑娘要是嫁到据点去,我看早晚得让赵长顺给折腾死,恐怕也不会有几天好日子过。你想想看,就凭赵长顺那德性,三天新鲜劲一过,指不定又瞄上谁家姑娘了,又不知该轮着谁家姑娘倒霉了。这俗话说得好,女怕嫁错郎,男怕干错行。这赵长顺根上就不是正经人,干的也不是正经事,他就是日本人的一条狗,这人不会有好下场。"

还有的不疼不痒地评价这事道:"女大不中留,留来留去留成仇。这年头一个闺女家,迟早要嫁人,嫁鸡随鸡、嫁狗随狗,全凭命。"

一时间，县城里的人们议论纷纷，都饶有兴致地发表着各自的见解。

新成立的县大队活动在齐阳城外的土马河一带，有群众找到大队长刘勇反映了此事，希望县大队能帮助老百姓除掉赵长顺这个头顶长疮、脚底流脓的坏种。

县大队的同志们都觉得如果不尽快除掉这人，任其肆无忌惮地行事，他会继续仗着日本人的势力，干出更多丧尽天良的事来。除掉赵长顺势在必行！

赵长顺也深知自己作恶多端，惹得神怒鬼怨，也怕遭报应，所以异常狡猾，行踪不定。他有时在集市上出现，有时窝在据点里和人推牌九，吃吃喝喝，几天都不见出来，很难捕捉到他的踪影。

如何才能除掉这个令人痛恨的坏家伙？县大队的同志们你一言我一语地讨论着。在一旁吸着烟袋半天不吭声的班长刘长才说："我琢磨着，咱干脆就利用这宋桂芝姑娘当诱饵，把他引出来，趁着赶大集乱腾腾、人群嘈杂的时候干掉他。"

"嗯，这个主意好！"大家纷纷赞成。在一旁一直没作声的小虎子这时也站起身来，兴奋地献计："我认识城东赵大爷家的二小子，我们俩打小光屁股一块儿长大的。他就在鬼子据点里干厨子，三五天就回家一趟，就让他给咱报个信，一准没问题。"

刘勇一听，"嗯"了一声，说："这样我们就有十足把握了！"

听到这话,坐在墙根的三喜子也憋不住了,抢着说道:"大队长,这次任务让我也去吧,我、我保证不拖大家后腿,完成交代给我的任务!"由于心情激动,他说话结巴了起来,脸也憋得通红。

一番商讨后,大家心里对这次行动有了七八分把握,就纷纷举手争抢着要求参加,生怕把自己落下。气氛好不热闹!

"好了,好了!"刘勇示意大家安静下来,他脑海里已有了这次行动的大概方案,便对小虎子道:"虎子,这样,你先去找赵家的二小子,跟他碰个面联系一下。先探探他的口风,看他愿不愿意配合我们这次行动,他如果愿意,你再跟他说一下咱的想法。你要着重跟他挑明,咱这是为民除害!"

"好!"小虎子应声答道,飞快地跑了出去。

刘勇又继续安排道:"这次执行任务,长才、大祥跟我去,其他人员在家待命。"

三喜子一听没有他,立刻就急眼了,眼泪唰一下掉了下来,他边抹眼泪边恳求道:"大队长,让我去吧,我、我、我保证不拖累你们!"

"好了,喜子,不要争了,以后有的是机会,这次任务就这么定了,不过,我得交给你一个小差事。"

三喜子一听,立刻睁大眼睛问道:"什么差事?"

刘勇笑眯眯地对三喜子说:"喜子,你个子小,不太引人注意,等到赶集那一天,你就背上麻袋,装成捡破烂的小孩,在据点附近转悠着把个风,等那赵长顺一出据点,你马上到集市上来给我们报信。这样行吧？"

"行，没问题，保证完成任务！"三喜子痛快地答应了下来，这才心满意足地跑出去准备自己需要的道具。

之后，大家围绕这次任务，七嘴八舌地又议论了一番，商讨了行动细节，然后各自准备去了。

这天，适逢大集。刘勇、刘长才、齐大祥三人精心地装扮了一番！大队长刘勇上身着一件薄棉袄，外套一件藏青色粗布正装，两个鼓鼓囊囊的衣兜里分别装着旱烟荷包和一副旧手套，耳朵上卡着半截铅笔头，他穿着一条膝盖处补丁连补丁的薄棉裤，一根麻绳拧成的腰带扎在腰间，头上戴着一顶皱皱的塌了帽檐的圆顶帽子。来到集市上，他找了一块合适的空地，摊开了一块油布，摆上了修理自行车所需要的零配件。支好修车摊后，他又用掉了半边瓷的旧脸盆去打了半盆水，放在旁边。一切准备停当，他下意识地摸了摸别在腰间的已经张开大机头的二十响驳壳枪，慢条斯理地掏出了旱烟荷包，拈出了一些烟叶子，卷了一根呈喇叭筒形状的烟炮，点着后，慢悠悠地吸了起来，边吸边不经意地向据点方向瞅着。

班长齐大祥则推着一辆破独轮车，车上一边一个用荆条编的箩筐，里面散乱地放着几根萝卜和几棵大白菜，他脖子上搭着一条粗布方巾，穿着一身褪了色的藏蓝色粗布棉衣棉裤，里边套着件半黑半白的粗麻衬衣，外扎一条用粗棉布拧成的腰带，头上扣着一顶破毡帽。由于腰带扎得太紧，稍短一点的裤腿只能吊在脚踝处，显得下身有点罗圈。他不紧不慢地来到了集市上的一个临街的面馆，寻了个位子坐下，从怀里掏出了一块玉米面饼子，慢慢地咀嚼着。

刘长才则肩上背着一个褡裢，头戴一顶耷拉着一个耳舌的棉帽，脚蹬一双翻着旧棉絮的棉鞋，打扮得像是牲口交易市场的捎客，他来到了齐大祥坐着的摊位旁，找了个凳子坐下，和齐大祥搭讪道："兄弟早，你也来赶集？"

齐大祥答道："是，赶集。"

刘长才问道："买点啥？"

齐大祥回道："还能买啥？就买点便宜的高粱面，家里几张嘴等着吃呢。这日子实在难熬！"说完也问刘长才："大哥，你赶集买点啥？"

刘长才回道："干我们这一行的，都是随行就市，没个准，一趟集一个价，谁都说不准。赶上好行情，兴许能赚两个，赶不上，也就是白跑。今天，我来看看，不知道骡子和驴的价钱怎么样，如果能凑合成一单，就能赚两个，全凭运气。"

两人正聊着，店小二跑来问刘长才："这位客人，一大早赶集，光临本店，要点啥？"

刘长才一愣，掏了掏自己兜里，拿出了几张伪票，食指沾了沾唾沫，数了数后点了点头，又看了看齐大祥，说道："这样吧，来一碗烩饼、两碗面汤，吃点热乎的。"

店小二应道："好嘞！"回头拖着长音高声道："一碗烩饼，两碗面汤，来喽！"

烩饼和面汤上来后，刘长才推给齐大祥一碗面汤，大方地招呼道:"兄弟,来碗热乎的,我请的!"

齐大祥客气地让了让,便端过面汤,说了声"谢了",顺势把玉米面饼子掰成块放入碗中。

两人边喝着面汤,边聊着无关紧要的话,但是两双眼睛时不时地扫着前方。

集市慢慢开始来人了。人们从四里八乡赶了过来,小商小贩们陆陆续续地推着独轮车搜寻适合自己摆放摊位的地方,人越聚越多,一会儿工夫,半条街就挤满了人。大嗓门的生意人高声吆喝,熙熙攘攘的人群中不时有小孩子钻来钻去,穿着对襟花袄、扎着发髻的女人们在杂货摊边挑来挑去,叽叽喳喳地讨价还价。

这边据点里,二小子端着满满一筐子菜见到赵长顺后,一副神神秘秘的样子讨好地道:"队长,我刚才买菜时,见到宋家那姑娘也出来赶集了,打扮得可真俊呀!哎哟,这十里八乡都没见过长得这么俊的人。谁要是娶了她,那还真是积了八辈子大德了!"

赵长顺听后心里那个美,睁大了色眯眯的三角眼,问道:"真的啊?"

"那还有假?我亲眼见的!"二小子说完就进厨房拾掇菜去了。

一听说宋桂芝也出来赶集,赵长顺心里欢喜不已,对着镜子照了又照,赶忙将头发往左边抿了抿,让它形成一面倒的分头形状,然后挎上盒子炮,带上两个扛着"汉阳造"的随从,急匆匆走出了据点。枪纲在盒子外边一甩一甩的,他鼠眉下一对三角眼在人群中滴溜溜地东看西看,搜寻着宋桂芝的踪影。

集上的人们一见赵长顺出来了,吵吵嚷嚷的声音立马就小了许多,都绷紧了脸盯着赵长顺,生怕他在自己的摊位前停下来找碴儿。大多赶集的人都亲眼见过他那蛮横无理的凶相,因此,唯恐避之不及。

"来了,来了。"三喜子肩背一条破麻袋,手拿一把生了锈、尺把长的铁钩子,一路小碎步走到了刘勇的修车摊前,小声报告道。

刘勇接到三喜子传递过来的信息,眼睛扫了一下远处。只见赵长顺兴冲冲地只顾往前搜寻目标,根本无心留意路边的各种摊位。两个随从紧跟在赵长顺屁股后边一路向这边走来。刘勇见状,猛吸了两口夹在手中的卷烟,随即将剩余的半截烟头扔在了地上,不经意地站起身来,假装将手中修理的车架子挪地方。他侧对着赵长顺走来的方向,用眼睛的余光看着赵长顺着急忙慌地走来。当赵长顺距离刘勇的修车摊位还有五六步远时,说时迟那时快,刘勇迅速掏出驳壳枪,对准赵长顺砰砰两枪,将赵长顺打得僵立在原地,晃了几晃一头栽倒在地,还没挣扎几下,便蹬了腿。跟在身后的两个随从还没弄清啥情况,就被刘长才、齐大祥双枪齐射,"砰!砰!砰!"几枪就被打得直挺挺躺在地上,没了气息。

刚刚还热闹拥挤的集市,几声枪响过后,突然一阵静默,人们从惊恐中回过神来,随即炸了锅。"打死人啦,打死人啦!"尖叫声和吵嚷声此起彼伏,一片混乱。有的摊主慌乱中还没来得及收摊,就被乱糟糟的人群撞翻了摊子,萝卜、白菜、山楂滚得遍地都是。在杂货摊前正拿起自己中意的针线挑选、讲价的女人们猛然听到枪声,又看到浑身血迹躺在地上的几具尸体,也吓得六神无主瘫坐在地,抱着头瑟瑟发抖。小孩子哭爹喊娘,声音凄厉。

刘勇、刘长才、齐大祥、三喜子等人早已趁乱悄悄溜出了县城。在路上,三喜子拍着手,一蹦一跳地走在三人面前,说道:"哟,队长,真厉害呀!我看到你一枪把赵长顺打得定在那里,僵了一下,然后他扑通摔倒在地,别提多高兴了。队长,你真厉害!还有班长和大祥哥,你们两个拔枪也真快!哎哟,那两个扛条子的汉奸还没反应过来,就被你们打倒了。"说着,三喜子还用手做成手枪状,比画着,乐得手舞足蹈起来。

齐大祥则侧过脸来跟刘长才说道:"我看到赵长顺左手边那个汉奸还想拿枪,心想,你给我一边趴着去吧,他还想着还手,呸!"

刘长才点了点头,回道:"就是嘛,不老老实实地跪下求饶,还想跟我们招呼两下,哼,心里没个数,找死!下次再见到这些祸害老百姓的汉奸,一个个的,咱都给他收拾喽!"说着,他看了眼刘勇,问道:"对吧,队长?"

刘勇抿着嘴,微笑着回道:"对,这些汉奸,就该处理了他们!"

几个人说说笑笑地回到了驻地。

齐阳县日军中队长野田闻听赵长顺被枪杀于闹市街头,气得一口一个"八格牙路",暴跳如雷。失去了得力干将,日军中队长野田自然痛惜不已,随即下令打探到底是谁干的。他从撒出的密探口中得知,敢在他们眼皮底下动手的只有县大队的刘勇等人。野田在得到确切消息后,直恨得咬牙切齿,扬言要彻底消灭县大队的土八路,要用土八路的人头祭奠赵长顺,还在县城及县城周边乡里的墙上到处张贴告示,悬赏一千元大洋要刘勇的人头,能活捉到刘勇的加倍犒赏。

残酷的对敌斗争进入了严冬!

清晨枪声

徒骇河支流土马河，在冬季的日照下波光粼粼的，泛着水银色，旷野上大片大片的土地泛着白花花的盐碱色，地面上干枯了的野草在冷风的吹拂下摇摇晃晃的。一阵立柱式的小旋风过后，尘土飞扬，越发显得大地在一片荒凉中了无生气。

一九四三年深冬，自从日本鬼子占领了齐阳县城，城内的情形彻底发生了改变。日、伪、顽、匪各霸一方，特务出没无常，形势错综复杂。方圆几百里内岗楼林立，纵横交错的封锁沟连接着各村各乡，膏药旗随处可见。老百姓犹如待宰的羔羊，随时都有可能失去生命。

在这里，人们是没有尊严的。伪军汉奸甘愿充当日本人的马前卒，在日本人面前摇尾乞怜，为虎作伥，为讨好日本人极尽欺压祸害百姓之能事。他们肆意闯入民宅，毁烧民房、掠夺群众财物，搜查、逮捕反抗的民众，真是坏事做尽，老百姓都痛恨地称他们为"二鬼子"。

连年大旱，赤地千里，加上日寇推行"三光政策"（杀光、烧光、抢光），老百姓的生活雪上加霜，卖儿鬻女、逃荒要饭、流离失所，在生死边缘苦苦挣扎。严酷的社会环境也给八路军部队的行动带来了极大的困难。

县大队白天行动有敌探跟踪，夜间宿营有奸细告密，一有行动，鬼子汉奸立即出动围剿，顽军、土匪则坐山观虎斗，企图坐收渔翁之利。县大队不得不警惕地随时变换行动轨迹，一有风吹草动，立即转移，有时一夜要转移两三次驻扎地点，才能避开敌人的追击。

人员陆续增加，队伍不断扩大，粮食短缺成了当前面临的极大的现实问题。战士们吃了上顿没下顿已成常态，经常半夜睡觉都饿醒，遇到紧急情况需要转移时，空着肚子行军的速度明显慢了下来。司务长急得直跺脚，却想不出好的办法。常常让战士们饿着肚子行军打仗，战士们的情绪低落了下来，新入伍的战士就有了牢骚。

刚被俘虏过来经过教育后加入县大队的战士李二憨敲着饭碗悄声地对同班战士冯玉来说道："八路军，县大队，见到鬼子就撤退！"

冯玉来听到此话非但没制止，反而也有同感地跟着发泄心里的不满："嘻，连饭都不让吃饱，成天饿着肚子怎么跟鬼子打哟？"

这个冯玉来，过去也曾干过几天伪军，在据点里闻过几天肉香味，只是受不了小鬼子的打骂，一气之下才投了八路军。在八路军队伍里，这种又挨饿又受累的生活，是他完全不曾想到的，因此，听到李二憨这些牢骚，他就跟着应和。

在斗争十分激烈、生活异常艰难的日子里，消极的言论是部队的大敌，很容易使战士们的斗志涣散，影响大家的战斗积极性。为了改善生活环境，提振部队的士气和信心，抵制消极情绪蔓延，大队长刘勇决定，将队伍暂时拉到相对安全的地带进行整训，以避开敌人的锋芒。

一天，大队长刘勇正在房间里找人谈话，了解近期战士的思想情况，情报员报告后进了屋子，见屋里有人，便在一旁等候。人员离开后，他神色凝重地向刘勇说道："大队长，报告两个不好的消息！"

刘勇心里咯噔一下，忙催促情报员："什么不好的消息？快说！"

情报员便如实说道："上个月，鬼子给各村都发了通知，要求各村维持会会长把村里的抗属名单十日内报到据点去，如违令不如实上报者，格杀勿论！同时，还听说前几天，汉奸队又去了您老家，逼迫您大哥把您找回去，否则，您大哥一家就性命难保。估计您大哥现在正在来找您的路上呢。另外一个坏消息就是，您弟弟上个礼拜在给区委送信的路上，在五区遭遇了一小队鬼子的袭击，双方激战中，听说您弟弟负了伤，所幸骑的那匹马通人性，驮着他冲了出来，不知道现在情况咋样了，我只听说伤得不轻。"

刘勇听罢情报员的两个消息，心里骤然一紧，一时愣坐在那里，半天没有转过神来。

刘勇兄弟四人，大哥天性忠厚老实，从未与人发生过争执，凡事都礼让人家三分，不管吃了多大的亏，都是忍气吞声默默地自己承担，正因如此，在村里人的眼里，这刘家老大就是个窝囊无能的受气包。刘勇想，就是因为自己参加了八路军，才连累了大哥，惹得汉奸队三番五次去大哥家里威胁骚扰，要大哥出面把他拽回去，估计大哥受到汉奸们的威胁恐吓，很难承受得了这种重压，精神上也会受到很大的打击。如果大哥真来了，又该怎么说服他呢？还有小弟的事情。他心烦意乱，半天也没理出个头绪。

刘勇的小弟是在一九三八年挺纵成立开进鲁西北后不久参加的八路军。几年的斗争磨炼，使他积累了一些战斗经验，很快地成长并成熟起来。

"这次遭遇鬼子的袭击能够侥幸脱险，真是不幸之中的万幸，只是不知道他目前伤势怎么样，有没有生命危险呢？"

刘勇想到此，心情无比沉闷，他凝思了片刻，才对情报员嘱咐道："这样吧，你带来的这两个消息要保密，就到你这里为止，不能让大家的情绪受到影响。你看，咱们县大队大多数战士们的老家都分布在周围县乡的村子，他们的父母兄弟也都生活在这里。我们如今正在进行教育和整顿，一旦这消息传播出去，势必会加重战士们心理上的负担和不安，也肯定会造成一些思想波动。"

情报员十分理解地连连点头应道："是，大队长，我明白！"刘勇交代完与自己相关的事情后，又不无担心地叮嘱情报员道："从你说的第一个消息分析，估计鬼子最近又要有大的动作，我们千万要小心，加强戒备，做好防范工作。咱们的情报信息也一定要跟上,有什么最新消息,要第一时间报告给我。"

"是!"情报员答应后,转身离开了大队部。

果不其然,没隔几天,一个面黄肌瘦、破衣烂衫的三十岁左右的庄户人,肩上背着一个褡裢,推着一辆独轮车,一路费尽周折,打听着来到了县大队驻地。他进门见到刘勇,还没等说话,眼泪先流了下来,随后对着刘勇大倒苦水,他哽咽地说道:"三弟呀,这日子还怎么过啊,你不在家里,汉奸队三天两头地跑咱家来呀,非让我把你叫回去,你要不回去,他们就要杀了咱全家,一个活口都不留!你说怎么办呀?

"三弟,你说咱爹娘没得早,弟兄几个我是老大,他们肯定就是来找我,成天折腾我。你嫂子因为那些伪军上门又是威胁又是撂狠话,脑子受了刺激,一天到晚腿软得站不住,躺炕上起不来,晚上两眼瞪得溜圆就是睡不着觉,浑身上下光打哆嗦。你说咋办呀?"

刘勇听罢,忙将大哥领入屋内,把手搭在大哥的肩上安抚他坐在炕沿上,然后道:"大哥,别怕,别怕!小鬼子他们使出这缺德的损招,无非就是想叫咱老百姓服软当奴才,把咱中国人治得服服帖帖,他们说什么就是什么,办不到!你想咱中国人日子过得这么艰难,还不都是他们侵略咱们国家造成的,大哥你想想,自从小鬼子占了齐阳县,他们祸害了多少父老乡亲。咱老百姓过去的日子咋样,现在的日子咋样,一比不就明白了吗?想叫咱们屈服于他们,他们这不是在做梦吗?这能办得到吗?他们这是妄想!"

"那你说咋办呀,三弟,总得想个法子对付过去吧!"自己是一点办法也没有,刘勇大哥又着急又无奈地催着刘勇赶快拿主意,接着急切地说,"你要不跟我回去,我也没法回家去了,回去也是个死!"他喘了一口气又说道:"你说我要是不回去,地里的庄稼没人拾掇,打不下粮食,来年吃啥呀?真是愁死我了。"他在来时的路上琢磨着,以为找着老三叫他跟自己回家就没事了,可没承想,这事哪么这么简单。他左一声右一声地直叹气。

一个难题接一个难题摊在面前,刘勇一时竟想不出再用什么话来疏解大哥心中的愁绪,望着大哥还不到三十岁就佝偻着的身子他无言以对,想着必须得赶快想个两全的办法,暂时缓解一下大哥目前的危难处境,决不能再让大哥为了自己担惊受怕。刘勇思索了片刻说道:"大哥,你看这样行吗?你先不要回家了,到刘楼村长才老家避一避,庄稼地里的活,让村里邻居先给管着点,等避过这一阵再做打算,你看行吧?"

大哥直叹气,说道:"还能有啥法子啊,也只有这样了。只是家里那一摊子我放不下啊,你嫂子我也不放心,她又不能动弹。唉!"

刘勇又宽慰了几句,顺势岔开了话题,问了小弟的情况。大哥一听到小弟的事,就又唉声叹气地说道:"你看,这愁事一大堆,都忘了跟你说咱兄弟受伤的事了。咱兄弟不是给区长当通讯员嘛,前些日子,区长派他到四区、五区分别送两份文件。他先到了四区,挺顺利就把文件给送完了,回头又转到了五区,刚准备进大王庄，没留神斜刺里冲出来几个鬼子。因为双方都没有准备，都愣了一下。等回过神来，几个小鬼子围上来就想逮活的。幸亏咱兄弟脑瓜机灵，反应得快。"说到这里，他仰起头来，脸上一副为之骄傲的神情继续说道："他掏出枪来砰砰打了一阵，转身拍马就往村外跑，刚冲出村子，嘻，没承想一颗子弹打中了大腿。他歪在马上，幸好没从马上掉下来嘞，一口气就冲出好几十里地，几个鬼子在后边骑着电驴子没命地撵他。咱兄弟真是命大啊，亏他那匹马通人性，抄着小道拼命地跑，好歹是跑回来了。我当时正在地里干活呢，大老远就看到一匹马背上像是驮着个人，从小路上往咱村跑来，走近一看还吓了我一跳，这不是老四吗？他趴在马上，脸色煞白，大腿上还血淋淋的，这肯定是负伤了。他叫了我一声'大哥'，就昏过去了。我赶紧扔下了锄头，引着马进了村，一进家门，我也没多想，赶紧把他塞进炕洞里。当时一急，也不知道是怎么把他硬塞进去的，等鬼子走了，想把他拽出来，怎么都弄不出来了。你说这咋整嘞，最后把炕扒了，才把他弄出来，弄得满身都是黑乎乎的炕灰。想不到歪打正着，咱村大夫说，草木灰也是消毒的，好歹伤口没有感染。白天我就让他躲在夹皮墙里，晚上才叫他出来透透气。现在好多了，在家养着呢！"

　　刘勇听后，一颗悬着的心总算放下了，他轻舒了一口气，对大哥说道："大哥，部队马上又要转移，我派人先把你送到刘楼村去，你先在那儿避一避，等风声平稳一点，就送你回家。"

　　刘勇大哥无可奈何地摇了摇头又点了点头，离开了县大队。

这天,队伍转移到了曲仁一带的小王庄活动。小王庄是个有着四十多户人家的小村子,一条东西向的稍宽一点的土路贯通全村,南边毗邻黄河,北依徒骇河。新成立的村公所维持会会长是个有良心、有正义感的人,叫王有义,本村人,五十八九岁的年纪,生就一副善良面相,他小时念过私塾,有些文化,为人处世温和圆融,人也挺厚道。

他年轻时在济南闯荡过,是个见过世面的人。早年间,他曾在一家杂货铺给老板拨算盘拢过账,因头脑清楚、为人实诚,很是得老板喜欢。后杂货铺老板病故,在他帮着料理完老板后事后,老板娘对他道出了实情:原来老板生前有意安排他留下,等过几年家中小女再年长几岁后就许配给他,让他做个上门女婿。王有义听后心里确实翻腾了几天,这兵荒马乱的年月,济南这地界鱼龙混杂,尤其是他在杂货铺帮工的这几年里,见识到很多看不惯的违背常理的人和事,加之一些传统的观念——小子无能才改名换姓之类的说法,让他觉得自己年纪轻轻不能背上这辱没祖宗、没出息的名声,所以还是下定决心回家。在老家生活,踏实不用算计,帮助爹娘打理好那几亩薄地,过个太平日子挺好。于是他卷起铺盖卷,婉言谢绝老板娘的好意,回了老家小王庄。

在村里,因为他有几年在外闯荡的经历,知道的事多,加上村里一些好凑热闹的人喜欢打听一些外边发生的事,他家俨然成了村里年轻人闲暇时聚集的地方。他也乐得撑起这个场面,大家在这儿扎堆,天南地北唠着外面发生的事,东拉西扯地打发着这平淡的日子。回村后，他娶了媳妇生了娃，送走了爹娘，不知不觉自己也成了年过半百的人。他原想这辈子过去一大半了，就这样安安稳稳过好后半辈子就行了，没承想，日本人来了，强迫各村成立维持会，因为他在村里有威望，也有人缘，大家自然就认可他当会长。他认为这是替日本人干事，戴上这顶帽子，就是个汉奸，自己可不能干这种昧良心的事，免得人前人后招骂。因此起先他坚决推辞，不肯答应这差事，还是区里派人来说服他应下了这份差事。让他在表面上支应鬼子汉奸，暗地里可以为八路军提供方便，还为他打气说只要良心不坏，对得起老百姓，别人说啥随他去，迟早真相会大白于天下的。就这样，王有义才应承了下来，干起了维持会会长，扮演起一个"白皮红心"的角色。

白天遇上鬼子来了他就应付鬼子，晚上就与八路军商议着怎么对付鬼子。一段时间下来，倒也没被鬼子察觉。

八路军队伍刚刚进村，会长就赶了过来，见到大队长刘勇，他心中自是高兴，但表面上却是一副例行公事的态度，说道："队长辛苦了，屋里坐吧。"

刘勇和会长一前一后进屋，刘勇刚想问一下村里的情况，会长却左右看了一下，见没有其他人，拉着刘勇进了里屋。两人坐下后，刘勇问道："最近村里情况怎么样？"

会长回答道："咱村近段时间鬼子来的次数不多，汉奸队倒是不断来折腾。他们一来，我就和咱村里一个叫二东的后生支应着，没大碍，倒也没引起他们的猜疑。"

刘勇又看着会长问道："汉奸队来了主要都干些啥事呢？"

会长回道："嘻，他们还能干啥好事吗？就是催粮款，吃吃喝喝，顺便问问最近八路军有没有到村里来过等等。"

两人正说着，在维持会当差的二东也走进屋来，见到刘勇高兴地拉着他的手热情地说道："大队长，可盼着你们来哩。咱村可有一阵子没见着队伍上的人了！"说着挨着会长坐在了炕沿上，跟刘勇和会长讲起近日村里发生的新鲜事，说着说着他又想起头天晚上听到的稀罕事，便饶有兴致地对刘勇和会长说："大队长，叔，村东头老张家三小子从济南回来了，叔，你听说了吗？"

会长问："还没呢，啥时候回来的呀？"

"就是夜来后晌（昨天晚上）啊，穿得可板正了。"

刘勇问道："他在济南干什么？"

会长说道："听说是做生意，开着个啥商行，倒腾木材啥的。"

刘勇又问道："老张这人在村里怎么样？"

二东回道："老张给人感觉倒是挺老实本分的，跟他大小子搭伙种着几亩地，他在济南的这个三小子也不断给他邮钱来接济他，日子过得挺舒坦。"

二东说着，又联想起头些日子的传言，便继续说："我前段时间听说老张在大陈庄给他三小子说了个媳妇，他三小子这趟回来，是不是回来相对象的啊？"

刘勇听罢稍加思索，也说不上是哪里不对，便叮嘱会长和二东："不管他回来干什么，只要是在外头有一段时间没在村里待着的，回来后你们都得留神一点，注意一下老张家三小子的行踪。队伍刚刚进村准备在这里休整两天，村里其他摇摆分子的情况，你们也要警醒着点，避免走漏风声。"

会长应道："是，是！天也不早了，大队长您也早点歇着吧，我跟二东两人出去安排一下，再去筹点粮食给咱队伍补充上，得让战士们吃饱了才能跟鬼子汉奸干啊！您说是吧？"

刘勇回道："好吧，不过不要太难为乡亲们，大家的日子都挺紧巴的。"

"知道，知道。"会长应着便拉着二东离开了村公所。

队伍进村后，布置好了岗哨，就早早地休息了。整个村子沉寂了下来，偶尔传来几声狗吠，在寂静的夜晚，显得格外苍凉无力，没人去留意是啥动静招惹的狗叫声。

日子不太平，家家户户都是天一黑就早早关门闭户，没了光亮。晚上女人们做针线活，为了省煤油，也都是把灯芯调到最小，对着那点亮光缝缝补补。

由于鬼子汉奸不间断地催粮派款，又赶上灾荒年景，村子里家家户户的日子过得都是紧紧巴巴，根本没有多余的粮食。一个小村子，一下来了几百人的队伍，要吃要喝，会给村里的乡亲们增加很大的负担，会长实在不忍再叨扰乡亲们，恰好据点里又摊派粮款了，他便想着能不能从中扣下一些给队伍送去。

此时，会长正摸黑挨家敲着门，想尽可能地为队伍多筹点粮食，不让大家饿着。当他来到村东头老张家时，见屋里还有光亮，便上前敲门问道："大兄弟在吗？"

老张在屋里听到有人敲门叫他，问道："谁呀？都这么晚了，咋还在敲门啊？"他边应着边向院门口走来。打开院门后，老张探出半个身子，一看是会长，便客气地说道："哎呀，是会长啊，快进屋，快进屋！"又问道："吃了吗？"

会长点点头说："吃了，吃了！"进屋后，会长见堂屋的八仙桌上正摆着几个冒着热气的菜，酒盅里的酒发出浓郁的曲香味。张家三小子正坐在桌边，见会长进屋，忙礼貌地起身让座位，说："叔，来了啊，坐下喝点吧！"

"不了，吃过了！"会长应道。

然后，他转身对老张说道："大兄弟呀，据点又让咱村摊派粮款了，我让会计估摸着算了一下，这回咱每户还得摊派三十斤粮食才行。你要有现成的，我这就扛着！"

"有，有！这咱可不敢耽搁。"说着，老张转身冲里屋喊，"他娘，赶紧过上三十斤棒子粒给会长拿去，村里又赶上摊派了。"还连连催促道："快一点，快一点！"

里屋含糊其词地哼了一声，还嘟囔着什么，然后就听到窸窸窣窣地掭粮食的声音。过了一会儿，门帘子被掀开，大半袋粮食放在了门帘外边。会长见状，忙起身提了过来，冲着老张说道："大兄弟，走了啊！"又诉苦地补充说："嗐，我这差事是真不好干啊，费力还不讨好，净得罪人，赚人骂，真是没办法！"

老张也赶忙以同情的语气说道:"唉,会长,也就是你,别人还真干不了!"

会长无奈地摇了摇头,扛着粮食离开了张家。

会长前脚刚离开,张家三小子就问他爹:"爹,据点里这段时间来人了没有?"

老张回答说:"没听说呀,鬼子,哦,不、不是,得叫太君,太君有一阵子没来了。"

"哦。"三小子听后眼珠子打了几个转,不动声色地跟他爹说,"爹,喝酒吧,来喝酒!"

冬天的夜晚,凄厉凛冽的西北风带着哨音一阵一阵地刮过来,吹到脸上像刀割似的,钻入薄棉袄刺痛肌骨,冻得人直打哆嗦。凌晨两点,接岗的班长刘长才在村东头冻得缩着脖子,依偎在一棵早已掉光了叶子的老槐树下,他抱着自己心爱的大枪,琢磨着等天亮了炊事班能弄点啥好吃的,若是明天一早能暖暖地喝上一碗棒子面粥,吃上三个黄澄澄的玉米面窝窝头,再就上一块老咸菜疙瘩下肚,那就真舒坦了。他越想肚子里越空,越想身上越冷,干脆跺着脚嘴里哼唧着:"窝窝头哇,面子粥哇,咔嚓咔嚓萝卜头哇,一大早哇,保管够哇,吃上喝上长劲头哇!"边哼唧边绕着老槐树转圈圈。

清晨四五点钟左右,天上雾蒙蒙的,一片阴云裹挟着空气中的雾水似锅里的水蒸气般笼罩着大地,几十米开外都看不清人影。劳累了一天的人们还在安睡,早起勤快的拾粪老人的脚步声中夹带着一两声干咳声,在安静的清晨传得很远,听得也格外清晰。

突然,远处传来杂乱的脚步声,刘长才机警地躲在大槐树后面,警觉地竖起耳朵,听着越来越清晰的脚步声。哗啦一声,他拉上枪栓,将子弹顶上了膛,观察着村东头路面上的情况。不远处,渐渐出现了几个模糊的人影。刘长才大声吆喝道:"哪一部分的?"

对方应声答道:"警备队的!"

还没等话音落下,一声枪响,划破了黎明前的寂静。刘长才骂骂咧咧地吼道:"他娘的,老子打的就是你警备队的!"他故意虚张声势大声喊道:"一班在左,二班掩护,三班跟我来!"

枪战声惊动了正在屋子里休息的大队长刘勇。刘勇一个激灵跳下炕,迅速穿上鞋和衣服,提着驳壳枪,率先冲出了屋门。战士们听到枪声也都抄起了武器,纷纷冲出房屋,朝村东头赶来。

刘勇观察了一阵情况,敌人是有备而来,人员数量还不少,从打过来的炮弹和机枪声中判断,装备也很齐全,凭着县大队现在的情况,不便在村中与敌人对抗。如若在这里与敌人缠斗,村里老百姓会遭到日伪军的报复,那样损失就大了。因此,刘勇当即决定,令班长刘长才带领一个班的战士在村东头堵住敌人,掩护全队由北向徒骇河方向转移,避免硬碰硬造成损失。队伍接到指令后,在刘勇的带领下,向北冲去。

刘长才看到有一个班的战士们来支援后,胆气更壮,一边打一边吼道："你爷爷就是刘长才！有种的过来试试，想要爷爷的命，还得再来一个轮回！"

"哒哒哒哒"，一梭子机枪子弹打得老槐树上的干树枝纷纷落了下来，有几颗子弹打在树干上发出"噗噗"的声响。对面的鬼子伪军在日军中队长野田的指挥下，迅速变队形为扇形由北面包抄过来。

野田全名叫野田幸一。此人凶狠多疑，十分歹毒，一米五几的个子，五短身材，走起路来一拐一拐的，对待周围的一切，总是用怀疑的眼光去审视。据他自己透露，早前，他曾是日军主力板垣师团部队里的一名少尉，一九三八年三月在台儿庄战役中被打断了一条右腿，他负伤后被抬到了该部战地医院进行了医治，但没过多久部队转进山东（实际是败退），在颠簸过程中，断腿感染溃烂。虽经治疗他的腿保住了，但终究落下了残疾，右腿比左腿短了一厘米。野战部队不容许残疾军官存留，所以他就被淘汰到了地方守备部队，这才被分到齐阳县据点里当了中队长。这人毕竟经历过大战，从战场上下来后待在县城，他对待据点里的伪军和各乡镇维持会会长都是一副似信非信的态度，还经常用蔑视的语气告诫从县城派到各乡镇据点里的日军小队长，要利用中国人但不可过分相信他们。对于上面提出的以华制华大策略，他认为还是要不同地区不同地点区别对待，大城市和中等城市一种情况，县城和乡村又是一种情况。他还认为在机枪大炮的弹压下，表面看似平静，暗地里涌动着一股反抗的热流，随时都会像火山一样爆发，那是早晚的事。因此他在据点里，瞪着一双昏黄的眼，时刻盯着里里外外的一切，只要让他发现有一点值得怀疑的蛛丝马迹，他从不放过。自从他担任齐阳县据点的中队长后，到底杀了多少中国人，连他自己也说不清楚。

大队长刘勇带着队伍在向北撤退的途中，与迎面包抄过来的敌人撞了个正着。说时迟，那时快，刘勇一抬手，"砰砰砰"地将驳壳枪里的二十发子弹全部扫了出去，令端着枪往前进攻的敌人躲闪不及，当即被撂倒了几个。后边的战士跟上，又是一阵乱枪将冲上来的敌人打倒，队伍朝着村北冲了出去。

这边，刘长才眼看着敌人越来越多，仅靠十几个人的力量是很难挡住进攻的，再这样下去要吃大亏。他听了听大部队撤退方向的声音，那边已没有了枪声，估计大队长已经带着队伍撤出去了，便提醒战士们每人准备好一颗手榴弹，等他一声令下，瞅准时机，一齐扔出去，然后借着手榴弹爆炸的烟雾，先向西再由西向北撤出。

战士们依托围子墙和土坯房顽强地阻击慢慢接近的敌人。鬼子哇哇的嚎叫声越来越近，伪军也咋咋呼呼地跟着叫嚷着。一个伪军小队长挥舞着手枪叫嚣道："八路人数不多，赶快包抄过去，别让他们跑喽！抓活的！抓到一个土八路，皇军赏大洋五块！"伪军们听说赏大洋，来精神了，蜂拥着冲上来。看到敌人乱哄哄地拥了上来，刘长才沉着地命令道："打排子枪！"

在战士们的一阵排子枪射击后，刘长才一声令下，十几颗手榴弹冒着烟飞向敌人，在轰隆隆的爆炸声中，大家借着烟雾，一齐撤出了阵地,飞速地沿街向村西跑去,快接近村西麦场时他们又顺着沟向北冲,摆脱了敌人后,一路追赶大部队去了。

这边的鬼子待手榴弹烟雾消散后,又驱赶着伪军发起了冲锋。待他们冲入村内越过围子墙,八路军已不见了人影,气得鬼子大叫一阵后,冲向村公所。在村公所里,中队长野田瞪着血红的双眼,大声质问着维持会会长:"维持会长,你的良心是大大的坏了坏了的,你的土八路进村不报告的,私通八路的有!"说完,他就左右开弓狠狠给了会长两个耳光,直打得会长踉跄着后退了两步。

会长捂着被打红了的脸,委屈地申诉道:"太君,你这真是冤枉我了!不是我不想报告,是土八路用绳子把我紧紧地绑在这里,动都动弹不了。土八路还专门派了两个人看着我,我是哪里都去不得,怎么报告?太君,你看我的胳膊让他们捆的,勒得这印子还没下去呢。"说着,他捡起了丢在地上的一团麻绳拿给野田看。

这时,呆立在旁边专门给维持会做饭的老秦头也唯唯诺诺地说道:"是的,太君!一大早我进门就看见会长被捆在这个凳子上,动都动不了,旁边还有两个人看着。你们来了,两个土八路被吓跑了,我才赶紧把绳子给他解开。"

会长又哭丧着脸说道:"太君!幸亏你们来得早,要不,土八路还准备把我当人质带走呢。"

维持会做饭的老秦头,名叫秦德贵,五十多岁,长得慈眉善目,也是土生土长的本村人,早些年闯过关东,在日本人开的金矿上干过几年厨子。起初老秦只能给矿上厨房的大师傅打打下手，干一些揉面择菜的杂活，忙的时候才能轮上替师傅掌掌勺，日子长了，他也慢慢学到了点烹饪技术。在厨房里干活，跟日本人接触较多，知道他们的凶狠劲，加上干了几年后，也没挣下几个钱，他就离开了金矿，想想还是家乡好，就扛起铺盖卷回了老家。至今也没有娶妻生子。

离别家乡多年，他就这么孤身一人回到村里。具体什么情况，他不说，别人也不知道。在村里，老秦头也从不主动与人吐露心声，对于他过去的经历，更是闭口不谈。会长看他在村里一个人生活无牵无挂，刚好维持会缺一个做饭的，就找上他，请他来维持会里帮忙，应付一些来来往往的人员的接待。今天面对野田的凶相，为了给会长洗脱嫌疑，他也是壮着胆子说了几句，事后心也是怦怦直跳。

野田见状，气得无处发泄，眼睛滴溜溜地环视了一下周围，责令翻译官道："维持会的人统统过来训话。"

维持会人员都赶来，一个个低眉顺目地呆立在野田面前。冬天的早上，突然被叫起来，出了暖和的被窝，一个个在舞刀弄枪的鬼子面前被吓得上牙直磕下牙，浑身发抖。野田对着维持会的人凶狠地吼道："土八路进村，你们谁的知道？知道的说出来，大日本皇军有赏，不说的，统统拉出去枪毙！"

翻译官也在一边帮腔："小王庄一直是太君信任的。八路什么时候进的村？知道的快说了吧，免得惹恼了太君，大家都遭殃！"

翻译官话音刚落，野田上前一步，一把扭住了在维持会当差的二东的脖领子，把他从人群里拽了出来，瞪着一双血红的眼睛，歇斯底里地吼道："你的快说，土八路进村为什么你的不报告的？"

二东一惊，连忙分辩道："哎哟，太君，不是我不报告，我确实不知道他们进村。半宿都在睡觉，他们向来是神出鬼没，不会让我们知道的。我可是大大的良民，是真心为太君效劳的啊。"随即，他从怀里掏出了良民证，亮到了野田面前，讨好地说道："您看，良民证的，您的签字发放的！"

会长看再这样僵持下去，不会有好结果，鬼子的凶残本性他是再清楚不过了，弄不好，真会拿他们这些人出气，与其搭上几条命进去，不如自己一人担下来，是死是活由他去吧。于是，他心一横上前说道："太君，你想，土八路是半夜进村的，连个狗咬猫叫声都没有，大伙干一天活，累得都早早上炕睡觉了，睡得又死，他们哪里会知道呢？八路偷偷摸摸进村，先到了我家，二话不说就把我捆上拖到村公所来了。太君你想啊，他们还不是怕我去给你们报信吗？这是千真万确的，我可不敢撒谎欺骗皇军啊，我是绝对效忠大日本皇军的，他们也是效忠大日本皇军的，都是大大的良民。你杀了他们，还有谁来效忠皇军啊，还有谁再为太君跑腿做事呢？你说是吧？"

此时，翻译官也凑到野田耳边悄声说道："太君，我看小王庄的这些人也不敢骗你，留着他们，看今后的表现。"

野田一听，看着站在自己面前哆哆嗦嗦的维持会人员，心想:"先留下他们也行,反正他们也跑不了。"便回头对翻译官说道:"他们人先回去,但是,会长必须带回据点,好好地审查,要震慑一下,给他们点颜色看看,不然,大日本皇军的威严就会受到挑战,那是不行的。"

翻译官应道:"那是,那是!"

野田又对着维持会的人员训斥道:"今天,你们可以回家,下次,土八路的进村,再不报告,统统枪毙!你们的会长,我的带走!"

这时,一个鬼子进来向野田报告他们阵亡了三人,伤了五人。野田听罢,气恼地喊道:"统统抬回去!"说完,扭头一拐一拐地走出了村公所。走到门口,他准备迈过村公所的门槛时,由于门槛较高,被绊了个趔趄,差点摔出门外。吓得翻译官连忙去扶他。他一扬手,铁青着脸,气势汹汹地吼道:"小王庄的人,良心统统坏了的!"

一行人败兴地回了县城。

勇救区委书记

近段时期鬼子的频繁扫荡，造成冀鲁边的环境越发残酷。新建立的乡村抗日政权组织由于叛徒告密，也遭到了不同程度的破坏。有的明里应付鬼子、暗里为八路军办事的村保长也惨遭杀害。

齐阳城的日军中队长野田清晨袭击小王庄失利后，一无所获，不仅没有消灭八路军，反而还死伤了好几个人，便气急败坏地将村里的维持会会长王有义抓进了据点。

在据点里，王有义被审查了三天三夜。鬼子对他恩威并施，用尽了花招，想从他身上发现破绽和疑点，好杀一儆百，震慑其他当面一套、背地一套的保长、会长们。小王庄维持会会长王有义可不是一般人，毕竟是在济南见过世面的，野田的那点招数他自然是心知肚明。在据点里，王有义察言观色，一边委屈地对野田喊冤叫屈，一边说着好听的话奉承着野田，他说："太君，您看，自从你们进驻齐阳县后，咱这里的老百姓真的是安居乐业，处处一片繁荣啊，地里的庄稼那也是年年丰产，百姓生活一年好过一年，大多数村民都是大日本皇军的顺民，就算有几个蟊贼，那也不用担心，他绝对翻不起大浪来！"

直说得中队长野田五官开花，竖起大拇指夸他会说话。在夸赞野田的同时，王有义还一再表白："太君！你看，我为了给皇军筹集粮款，操了不知多少心啊，挨了多少人的骂呀，赶上脾气不好的都要揍我。为了凑足粮款，我把我自家养的猪也送到了据点里。"说着说着竟然还流下了委屈的眼泪。

会长一番喋喋不休的诉说，直把野田弄得骂也不是、气也不是，最后，野田也无计可施，暂时解除了对他的猜疑，想着今后还得靠这些人为他办事，便挥挥手说道："你的回去吧，继续好好干你的会长，为大日本皇军效劳！"

可是其他几个村的维持会会长就没有那么幸运了，不是被砍了头，就是被打得瘫在炕上。一时间，乡乡闻哭声，村村立新坟。斗争环境日趋恶化，八路军部队的处境也越发地艰难了。

听说会长被放回来了，压在二东心里的一块大石头总算落了地，他着急忙慌地抬腿就往村头跑，只想快点见着会长。他媳妇在后边追着喊："你急啥？吃了饭再去呗！"

他回道："不了，我接着叔回来再吃！"

今年也就三十岁左右的二东，身体好，精力旺盛，一天到晚在家闲不住，忙前忙后的，喜欢帮衬人，村里人都评价他勤快、厚道。自从在维持会跟着会长跑腿当差，他里里外外操劳从没有抱怨过。按村里辈分论，二东叫会长"叔"，所以，二东把会长当长辈来敬重。二东对会长说的话也很是信服，言听计从，尤其是会长交代他的事他都是尽心尽力去办，还想办法办好，从未说个不字。二东待人不仅实诚还热心肠，村里哪家有个什么难解的事,都喜欢找二东说道说道,村里各家各户的情况他也知道个八九不离十,没有瞒过他的。在村里,不管是应付鬼子汉奸,还是调解村里的家长里短,他都处理得头头是道,特受人待见。尤其是他在为人处事上,开朗随和,喜好结交朋友,邻村包括城里他都有朋友。邻村发生了什么事,包括据点里的情况,他几乎都能最早知道,可以称得上是村里的消息灵通人士。这不,城里今儿个就有人给他报信说会长今天就可以回家了,他这才急忙赶到村头来,想接会长回家给他接风洗尘压压惊。

到了村头,二东不时地踮着脚往村外大道上望,急盼着会长身影的出现。他正等得心急时,听到身后有脚步声传来,二东回头一看,见老秦头也赶了过来,便问道:"秦叔,你这是要去哪儿呀?"

老秦头不紧不慢地说道:"我刚听你媳妇说,会长今儿个回来,你到村头去迎会长了,这不,我也过来了,也来迎迎他。"

说完,他叹了口气,又咳了一声,担心地说道:"也不知道会长在据点里遭没遭罪,这小鬼子拾掇人那可是啥狠招都有,心肠忒狠毒!"

二东回道:"我听城里的朋友说,在据点里,俺叔倒没怎么受罪。鬼子审他时,他答得挺顺溜,他们也没挑出他啥不是来,再加上前段时间,据点里跟咱村要啥咱都没少它啥,所以那个鬼子还能对会长怎么样?不过,我可是听说,其他几个村被抓进去的会长,有的被砍了头,有的给打得不轻,虽然放出来了,但是抬着回去的。"

二东刚说完,老秦头又叹道:"作孽呀,真是作孽呀!"

两人正说着,村头大道上,王有义迈着沉稳的步子赶了过来。他也看到了二东和老秦头在村头等着接他,心里顿觉暖暖的,眼眶也湿润了。二东和老秦头见到会长,连忙赶了几步迎上去。二东说道:"叔,你没大碍吧?"

"没有,没有!"王有义回道。

老秦头也问候道:"会长,可把你盼回来了,这几天吃不好,睡不着的,就担心你出啥事。咳,咳!"

王有义拉着两人的手,说道:"回吧,回吧,回村再说!"

为了尽可能不与敌人发生正面冲突,县大队不得已频繁转移驻地,常常深更半夜突然就把队伍拉走,一走就是几十里地,搞得大家非常疲劳。个别性子急的战士心里窝着火无处发泄,嘟嘟囔囔发着牢骚:"这些个鬼子汉奸太嚣张了,整天撵得我们到处跑,害得我们不是躲就是藏,真窝囊!老这么躲来躲去也忒憋气了。这样下去啥时候是个头呢?咱们手里拿的也不是烧火棍,也能打死人,还不如痛快地跟他们干一场,怕啥呢?"

个别战士也应和着说:"也是,打游击,打游击,不能光游不击嘛。"

针对队伍里存在的这种急躁冒进的不稳定情绪,大队长刘勇和副教导员孙义仁总是耐心地宽慰大家,给大家打气鼓劲。尤其是副教导员孙义仁,枪伤痊愈后,他被调来县大队工作,他做战士们的思想工作时，细致入微。战士们思想上有了解不开的疙瘩，都愿意找他唠唠，听听他的意见，他也会用摆事实讲道理的方法，给战士们答疑解惑。往往他一点拨，战士们都感觉犹如一股清泉在心头流过，让他们神清气爽、豁然开朗。大家都觉得这个教导员不简单，啥问题都难不住他，只要有弄不明白的事问他，让他一说，心里就跟明镜似的，还真让人服气。因此孙义仁当副教导员不长时间，就和战士们打成了一片，俨然成了战士们心目中的长兄。

针对当前部队面临的困境以及战士们思想上存在的不稳定情绪，副教导员孙义仁和大队长刘勇一起，帮助战士们分析形势，耐心给他们解释。他俩分析毛主席的著作《论持久战》中的理论："在当前敌强我弱的情况下，我们就是要耐心准备克服困难，不和敌人死打硬拼，坚决反对速战速胜的观点。要充分运用游击战的战略战术，不断地打击消耗敌人，使大家明白最终的胜利必将属于中国人民。"一番简明扼要的解说，让大家茅塞顿开，战士们的思想顾虑解除了，情绪也稍稍稳定了下来。

一天，晚饭后，副教导员孙义仁见班长齐大祥正在和一名新战士聊天，便凑上去笑眯眯地问道："你们两个在聊什么呢？我也听听行不行？"

齐大祥和新战士马上起身，齐大祥说道："教导员，他刚到我们班里，我正在给他介绍班里的情况和咱八路军的纪律。"

"好！"孙义仁高兴地回道，"那你们继续说，我不打搅了。"说完，他转身要离开。

齐大祥又叫住了教导员:"教导员,我有个问题老是弄不明白,顺便请教一下教导员呗!"

"好啊,你说说看。"孙义仁回道,"来吧,进屋里慢慢说。"

齐大祥嘱咐新战士先回班里,便随孙义仁进了队部。孙义仁热情地给齐大祥倒了一杯水,示意他坐下,说道:"你问吧,什么问题?咱们可以一起探讨探讨。"

齐大祥坐下后,便认真地说道:"教导员,我这个问题,也是我们全班战士都想不透的问题。你给我们讲过,现在我们不能和小鬼子硬拼。全国的战场咱不了解,但是就一个齐阳县城才一百多个鬼子、几百个伪军,我们完全可以集中全分区的主力部队,打下齐阳城,这个应该没问题吧?为什么我们不这样干呢?打下齐阳城,老百姓就能过上安生日子不是?我们也不用整天转来转去地跑了。你说对吗?"

孙义仁听后,严肃地开导说:"大家现在有些问题想不通,是可以理解的,但是,敌强我弱的现实你必须承认。我们武器落后、弹药缺乏,还不具备攻破一座县城的实力,我们消耗不起。"孙义仁又温和地看着大祥问道:"大祥,现在我问你,你枪里有几发子弹?"

大祥答道:"五发,新战士有三发。"

孙义仁又问道:"我再问你,一个鬼子枪里有多少发子弹?"

大祥又回道:"那还不得几十发,甚至更多。"

"好。"孙义仁又进一步地引导道,"你再算算,我们县大队几百号人,我们有多少条枪?有多少发子弹?我们全分区的部队集中起来有多少枪炮子弹?有的战士还拿着大刀和红缨枪呢。而鬼子一个中队一百八十人,伪军几百人,他们储备的枪炮弹药你有数吗?这样一算,就清楚了,消耗战我们打不起。另外,你想,齐阳它不是一个孤立的县城,齐阳距离济南只有三十公里,你一旦攻打齐阳,济南的鬼子,还有临县的鬼子,一抬脚不出两个小时就会出动来围攻我们。为什么毛主席一再告诫我们说,抗日战争是一个长期过程,要有耐心,等待条件具备了,时机成熟了,再进行反攻,最终的胜利必定属于我们!"

孙义仁又告诫齐大祥道:"大祥啊,趁还年轻,在咱们队伍里,除了打仗,也要抓紧学点文化多识几个字。人一旦有了文化,看问题就敞亮,就不迷糊,你说是吧?"

齐大祥听教导员说得头头是道,羡慕不已地说:"有文化就是好。教导员你看我,打小家里穷,咱也上不起学,不识字,没文化,只知道上了战场打鬼子不怕死,其他啥也不懂。你说的这些,让我一下子明白了一个道理,人有了文化,心里就透亮,就能明白很多事。知道当八路军打鬼子的目的,这浑身像有使不完的劲!我回去一定得好好学文化,再难我都要坚持!"

教导员一听,欣喜地笑道:"好,人就要有这个志气,拿出打鬼子的劲头来学文化,我相信你一定能行!"说着他顺手从上衣兜里抽出一支钢笔,又从抽屉里拿出一个自制的小本子,递给了大祥,说道:"拿去学习吧,用得着!"

大祥接过笔和本子,激动地对着教导员连连说道:"谢谢,谢谢教导员!"

两人正聊得起劲,刘勇汗水涔涔地走了进来,摘下帽子,打趣地问了一句:"说啥呢?还怪高兴的!"

齐大祥抢着说道:"大队长,教导员在鼓励我要学文化呢,您看,还送了我一支笔和一个小本子呢。这回回去我一定好好学,多识几个字!"

孙义仁则在一边微笑着问刘勇:"回来了,大家训练劲头怎么样?"

刘勇回道:"战士们思想上通了,心里畅快了,训练的劲头也上来了,尤其是练拼刺,那是嗷嗷叫。我让刘长才给他们当教练,他把一些武术套路传授给大家,把它揉进刺杀技术里,大家情绪都很高涨,学得很认真,本事长得快。有的战士说了,下回再遇见小鬼子,非拼倒几个,让他们见识见识咱八路军的厉害!练射击时,战士们也很踏实,也能沉得住气了,不想三想四地开小差了,精力都挺集中。我在现场给他们做了个示范。"

孙义仁问道:"怎么做的示范?"

刘勇说:"正好村子西头一棵树上落着几只老鸹,二排战士赵大栓就提议,让我打两枪,让大家见识见识我的枪法,我也考虑到有必要提提大家练习射击的兴致,就给大家展示了一下,把那几只老鸹打下来了,只是我怪心疼那几发子弹的。"

孙义仁听后,哈哈笑了起来。

齐大祥则在一旁插话道:"大队长枪法可准了,真称得上是神枪手,我见识过!"

刘勇连忙制止道:"说那些干吗呀?我就是希望咱们队伍里大家都把枪法练好了,多杀几个鬼子,对得起供养咱们的父老乡亲们!"

"对,大队长说得对!我们就是要提高大家的练兵积极性,多杀鬼子,报答父老乡亲的恩情!"

刘勇拿过孙义仁送给齐大祥的练习本子说道:"我们不但要开展好练兵活动,还要鼓励大家学好文化,到那时,我们这支队伍就是战无不胜的!"说着,刘勇也打趣地在小本子上边写边画,嘴里还念叨着:"我今天得了二分,昨天得了零分,爸爸打我三巴掌,我一噘嘴,变成了小鸭子。"写完便哈哈大笑起来,并说了自己小时候在学堂读书时,一帮调皮捣蛋的孩童们在一起开的这个玩笑,转而又一本正经地说道:"要不是小鬼子侵略了咱们的国家,祸害得咱老百姓不得安生,说不定我们都还能坐在安静的学堂里念书呢,算算到现在,我可不是高小文化,起码也得是个初中水平!"

"对,对!"教导员附和道,"等咱们赶走了日本鬼子,再回到学堂里去读书,还来得及。"

三人说说笑笑,眼睛里都带着对未来生活的美好憧憬。思想通了,明白了道理,部队战士们的情绪也稳定了,整个队伍又有了精气神,活跃了起来。

六月末的一天,县大队又转移到了小王庄。吸取了之前的教训，队伍进村后，大队长立即作了严密的防守部署，加强了警戒，并封锁了四个出村的路口，人员只能进不能出。

在村维持会里，大队长刘勇等人正在向会长了解最近村里的情况。二东赶了过来，进屋后，先对着会长说："叔，我回来了！"

会长转身点了点头应道："嗯，坐吧！"

二东又向大队长刘勇等人打了招呼，坐在了炕沿边，听着会长继续向刘勇介绍着村里的情况。

会长介绍完情况后，便回过头来问二东："你到哪儿去了？"

二东回了句："我到邻村大王庄去找个朋友，想借头牲口拉个车，在那里我听说了个消息。"

刘勇忙问："什么消息？"

二东回道："我那个朋友的表弟在据点里干事，听他说，他们排后天去索庙乡催运粮食，而且还说，这一回去，索庙乡的粮食如果还凑不齐，鬼子那边就不好交代了，还说，鬼子早就怀疑那个乡公所里有人私通八路军，这次派他们去催粮，就是看看他们的表现。"

听到这个消息，刘勇陷入沉思。

会长则冲着二东说道："最近据点里催粮款逼得特别紧，也不知是啥情况。"

二东也接着附和道："是啊，各村都在说这事，弄得老百姓日子可难了，本想储存点粮食好过冬，这样一搞，这个冬天又要闹饥荒了。"

停顿片刻后,刘勇追问:"你刚才说你朋友的这个表弟他叫啥名?"

二东回道:"他姓王,叫王树林,大王庄人,家里哥三个,他排行老二,所以村里人都叫他小名'二狗子',眼下在据点里当差,他回村里常跟他的叔叔、大伯们聊家常。有一次,他跟他叔叔说,别看他穿着黄皮子、扛着二尺半,他不祸害老百姓。都是穷人出身,干吗穷人祸害穷人?给鬼子当差,无非就是混碗饭吃。"

刘勇点了点头说:"看来这人还有良心,没忘了自己是中国人。"

众人都点头赞同。

众人散去后,刘勇和副教导员孙义仁、队副李实信三人针对二东提供的消息商量起来。

刘勇说:"刚才二东说伪军一个排后天要下乡催粮,我看我们可以考虑打一下,你们看咋样?"

副教导员孙义仁一听也赞成地说道:"嗯,我看可以,伪军战斗力比较弱,敲掉他们,也可以提振一下我们的士气!"

队副李实信也附和道:"可以啊,那就试试呗,我没啥意见!"

李实信这人,打小出生在一个富裕家庭,他父亲年轻时依靠着自己的勤奋劳动,加上头脑活络善于经营,几年下来也置下了几十亩地,挣下了家业,因此他家境比较殷实,吃穿都不发愁。他家里不但雇着长工，农忙时还临时雇些短工，拾掇地里的庄稼活。李实信父亲活到了五十多岁知天命的年纪，便跟膝下的几个孩子们传授他总结的生活理念，说道："家业再大，也要精打细算，这俗话说得好，吃不穷，穿不穷，算计不到才受穷！"还说道："这人哪，不论你过得多么气派，也别过分张扬，别眼睛朝上看人，总有磕头作揖去求人的时候。"因此，他对家里雇佣的长短工，都是一视同仁，一点也不外道。农忙时节出汗多，体力消耗大，给这些长短工们开荤、吃细粮那是常有的事，自己不穿的旧衣服也都分送给周围乡邻，接济一些穷苦人。久而久之，落下个大善人的好名声。

李实信由于头脑灵光，在几个兄弟姐妹中，是最受宠的一个，打出生就没受过罪，没尝过饿肚子的滋味，过着嚼白面馍、推铁环兜圈转的无忧无虑的生活，慢慢地长大成人。因他长得骨瘦如柴，村里人送他一个外号"竹竿"。

在日、伪、顽、匪猖獗的动乱年代，其父为求得一家平安，且保证自家富足安生的日子持久不衰，动了不少心思，费了不少脑子。他分析，别看现在日本人占领着县城，但他们毕竟是侵略者，兔子尾巴长不了；国民党顽固派左右摇摆、见风使舵的做派令人不齿，也成不了气候；只有共产党领导的八路军能成大事。八路军没几年就发展成这样，说明共产党里有能人，有大道道，加上共产党的一些政策和主张也颇对他的心思，于是，他决定把这个儿子送到八路军队伍里。一来表示自己是拥护共产党的，有心抗日；二来也是考虑家里有个八路军队伍里的人，对土匪们能起到一个震慑作用。

李实信长到十八九岁，过腻了终日不用操心的无聊日子，也乐得出来闯荡闯荡，见见世面，他恨不得早早挣脱这个讲规矩、重礼数的老式家庭的约束。

李实信加入八路军队伍后，因他从小上过私塾有文化，脑瓜又灵光，很快就由战士升为副班长、副排长，直到升为现在的副队长。由于他担任的都是副职，肩上承担的责任也没有那么重，他倒也心甘情愿落个清闲。因此，无论啥事让他拿主意征求他的意见，都是一句"赞成，同意，没意见"，一副不争不抢、附和的态度。

三人意见达成一致后，大队长刘勇就着手准备这次伏击战。从地点的选定到兵力分配、进攻方向和撤退路线，都做了周密可行的安排，只等据点里的敌人一出动，进入我方伏击阵地，就能给敌人出其不意的打击。

果然仅隔了两日，就有准确的情报送来：一大清早就有三十多个伪军赶着大车准备出动去索庙乡了！

大队长刘勇一听，立即组织人员在敌人回来的必经之路上埋伏了下来。他自己带领一个排正面迎击敌人，令李实信带领两个排在距离主阵地三里多地的东面小路上侧应，防止敌人从小路逃跑。

下午四时左右，前方开始显现敌人的身影，随之出现的便是几辆满载粮食的马车。马车周围的敌人警觉地注视着前方，不紧不慢地向着埋伏点走来。双方距离还有七八十米时，大队长刘勇一声令下:"打!"全排火力齐发,"砰砰啪啪"地射向敌人。

经过猛烈的火力射击,对方非但没乱了阵脚,反而好似早有了防备,一个个迅速散开寻找掩体,有的躲在马车后边向着八路军埋伏的地点射击。歪把子机枪、掷弹筒、三八大盖组合的弹雨,像风一样盖了过来,打得阵地上的战士抬不起头来。

刘勇这才从枪声中清晰地判断出:情况不对,这里面不光是伪军汉奸队,还有小鬼子,情报肯定有误!

此时双方已交上火,距离太近,想撤退也来不及了。

刘勇见状,沉着冷静地指挥着一个排的战士们与敌人展开对射,激烈的枪炮声宛如爆豆般"砰砰啪啪",谁都不肯撤退。双方正胶着时,刘勇紧急命令通讯员通知李实信火速带领他那边的两个排赶来增援,自己则继续指挥着战士们顽强地抵抗着敌人激烈的枪炮火力。

日军在进行了兵力调整,对我方阵地进行一阵猛烈的火力压制后,便端着上了刺刀的三八大盖冲上前来,气焰十分嚣张!面对猖狂的敌人,刘勇也红了双眼,怒吼一声"上刺刀!"他脱掉了上衣,光着膀子,抄起一杆大枪,勇猛地迎了上去,带领战士们与日军和伪军展开了一场激烈的格斗。双方杀在一起,都红了眼。日军步兵的白刃格斗能力是数一数二的,然而,在勇猛顽强的八路军战士面前,竟然也没占到多大便宜。

一个留有仁丹胡子的日军小队长,发现光着膀子的刘勇身边总有两人护卫左右，认定这是一个长官，便冲了上来。一对三，"叮叮当当"，刺刀激烈地碰撞，不时冒出金属摩擦的火花。刘勇命令两位战士闪开，让出空间。他怒睁双眼，脚踏这块生他养他的坚实土地，闪展腾挪，与日军小队长杀得天昏地暗。在双方杀得难解难分、精疲力竭时，刘勇略施小计，故意放了个破绽，待对方上前突进时，他一个反转横格，使尽全力用枪托捣在了鬼子的耳朵上，嘭的一声，被枪托狠狠一砸的鬼子立刻血流如注，站立不稳。刘勇趁此机会，一个突刺，扑哧一声，刺刀扎进了鬼子腹部，只听"嗷"的一声，日军小队长倒在了地上，结束了小命，回他的东洋老家去了！

剩下的几个鬼子被豁出命去的战士们三下五除二连刺带捅地解决掉了。

伪军们见到八路军一个个如此神勇，早已傻了眼，忘了抵抗，逃跑的逃跑，吓得腿软的跪地求饶，一个劲地直喊"饶命！饶命！"

这刀光血影的战斗刚刚结束，战场还没来得及打扫，通讯员就急匆匆地赶了过来，向大队长报告道："副队长李实信听到这边枪声密集，火力猛烈，怕鬼子也来了，早就带着队伍撤离了战场，不见了踪影。"

听到此消息，刘勇气得两眼冒火，跺着双脚大骂道："这个王八蛋！逃兵！真是个孬种、软骨头！"

十一月的鲁西北大地，秋意正浓，一大早天就雾蒙蒙的。

远处，庄稼地布满白霜，与地表的白色盐碱混合在一起，到处是一片白茫茫的凄凉景色。收完玉米后，地里残存的玉米秸秆早已失去了生命的意义，孤零零地立在原地，被秋风吹得发出哗啦哗啦的响声。阵阵凉意衬托着苍凉的年景。大清早起来，人们嘴里呼出的哈气，提醒着人们该添衣裳了。

这一天，县大队转移到新河口一带活动，在小陈庄安顿了下来。吃罢早饭，大队长刘勇回屋后，便顺势坐在了炕沿边，一条腿耷拉在炕沿下，另一条腿蹬着炕沿，两手交错着放在膝盖上，托着下巴，茫然地盯着前方一动不动，反复琢磨着一件事：前几天，部队刚进驻小王庄就遭到鬼子袭击，鬼子是怎么知道县大队驻在小王庄的？太蹊跷了！他越想越不对劲，觉得这里边一定有问题！

通讯员喊了一声"报告"，见没有回音，进屋后倒了一壶水，又退了出去。刘勇也没有察觉。

他又回想起那天二东不经意和会长说起的，村东头老张家三小子从济南回来的事。晚上会长从老张家取来粮食，第二天一早，鬼子就来小王庄搞袭击，咋那么巧？是不是跟老张家那个三小子有联系呢？

眼下对敌斗争日趋复杂，抗日力量不断遭受破坏，大队长刘勇不得不多一分警觉和顾虑。他越想越不对头，越想越疑窦重重，马上找来了大队的文书，跟他交代道："你现在骑上我的马，去一趟县里锄奸科，把我们在小王庄被偷袭一事向锄奸科汇报一下，让他们重点调查一下小王庄村东头老张家三小子的过往，此人很可疑。他三小子叫什么名，我不知道，可以悄悄地找一下小王庄的维持会会长，让他给提供一些情况。快去快回！"

"是！"文书领了任务后，即刻赶往县里锄奸科。

文书找到锄奸科汇报了刘勇的想法，锄奸科科长听了汇报后，高度重视，立即指派王侦查员与文书一起赶往小王庄，找到了会长并向其表明来意。会长一听便详细地介绍了老张家的情况，但是他对三小子在济南经商的情况倒是不太清楚。

王侦查员问道："那么，张家这三小子这次回来是干什么呢，你知道吗？"

会长回道："听说是他爹给他在大陈庄相了门亲，这趟回来主要是相亲的，后来咱也不知道相成了没有，没几天他就回济南了。"

王侦察员又问道："那么，那天咱们队伍驻在小王庄后，你听说谁出过村吗？"

会长回道："没有，没听说啊。咱队伍上都排了岗，谁要是出村，马上就能知道的！哦，那天我到老张家筹粮，见到老张和他三小子在喝酒。"

"什么？你到他家去过？"

"是啊！那天是据点派粮款，他称了三十斤棒子我就扛回来了。"

"哦，"王侦察员沉吟道，"可能问题就出在这里。"

会长紧张地询问道:"怎么了?出事了吗?"

"哦,没事,没事!"王侦察员回避了这个问题,"会长,那我们回去了,这个事你先不要跟任何人说。"

"好吧,不说,我不说!"

王侦察员又交代道:"你们要注意一下与老张家来往的人员,有什么情况,及时报告。"

"那是,那是。"会长又说道,"王侦察员,吃了饭再走吧?"

"不了,不了,我们还要急着赶回去。"说完,王侦察员与文书离开了小王庄。文书骑马飞快地返回县大队向刘勇报告了这次任务完成的情况。

刚刚汇报完,只见区民政助理员气喘吁吁地闯进来报告道:"大队长,不好了,付杰民书记被鬼子围在大许家,情况十分危急,派我来找你们紧急支援,晚了就麻烦了!"

听到这个消息,大队长刘勇心头一震,立即命令值星排长:"集合队伍,目标大许家,跑步前进!"

区委书记付杰民,是萧华司令员在一九三八年率领挺纵进入鲁西北后参加八路军的,经历过多场战役。这次被围,他身边只带着一个十几人的区小队,很难与鬼子伪军对抗,不及时解救,他处境十分危险。他这次之所以到大许家来开展工作,是因为前段时间这里成立不久的青抗先(青年抗日先锋队)、妇救会(妇女救国联合会)在鬼子的扫荡中遭受了很大损失,村委会主任被残杀,妇救会主任被掳去了据点,村子里的抗日组织处于瘫痪状态,老百姓人人自危。在这种情况下,为了重新建立村里的基层组织,提振群众与敌人斗争的信心,区委书记付杰民赶了过来,但不知哪个环节走漏了风声,他被日伪军包围了。

部队在民政助理员的带领下急速前进,很快便接近了大许家。

虽然该村被称为大许家,但实际人口并不多,也就有百来户人家。一处处破败低矮的土坯房分散在小小的村子里,一条南北连通的土路弯弯曲曲的,村子西边靠着徒骇河,村东一座低矮的土地庙孤零零地立在那里。庙里边供奉着的泥塑的土地爷原本是粉彩的,由于无人打理,半边脸都成了土灰色,半边脸是淡淡的黄色,土地爷头顶已经被灰尘盖住,蜘蛛网缠绕在它身上。由于连年歉收,这尊土地神已经长时间无人供奉了。庙后边几棵碗口粗的老松树有年头了。这个村地势西高东低,西面可以观察到大半个村的概貌。

"砰!砰!砰!"枪声从村内传出,区委书记正带着区小队在村里进行顽强地抵抗。从远处可以隐隐约约地看到穿着黄军装的鬼子和戴着大盖帽的伪军正猫着腰向村东头迂回,准备两面夹击村里的队伍。如果部队不及时占领有利地形,掩护被困人员突围,区委书记他们就会被彻底困在里边,情况十分危急!

部队快速地移动着,借着土坝的掩护,从北面迅速接近村子。东西两头的敌人尚未注意到一支救援部队正在向他们逼近。鬼子的指挥官正挥舞着指挥刀督促着鬼子、伪军向前。此时县大队的战士们在大队长刘勇的率领下，借着村外高低不平的地势，从北面冲进了村子。

"长才！压房顶！"随着大队长一声令下，班长刘长才手提一挺机枪，借着一堵半人高的土坯墙一跃而起，三蹦两蹦，噌噌地上了房顶，占领了制高点，架起机枪，一阵猛烈地扫射，把行动中的鬼子伪军打得趴在地上。这突如其来的火力着实让进攻中的鬼子和伪军一惊，愣在原地不敢前进。后边的县大队战士也陆陆续续爬上了房顶。手榴弹爆炸声，汉阳造步枪打出的汗渍浸染过的子弹发出的嗡嗡声，偶尔夹杂着二十响驳壳枪清脆的炸裂声，暂时压住了敌人的火力和气势。隐蔽在两间土坯房里的区委书记听到房顶上的枪声，知道援军到了，思索了片刻，果断地率领人员趁着敌人的包围圈尚未形成，边打边冲出了土坯房，一路贴着村边房屋的后墙根绕过了敌人向西冲去，继而窜上河堤，泅过徒骇河，突围南去。

鬼子发现先前被包围的人突出去了，恼羞成怒，更加疯狂地集中火力对准进入村内的援军猛烈扫射，并从村东和村西两边压过来。歪把子机枪猛扫，打得土坯房尘烟四起，让人睁不开眼。小钢炮咣咣地在房顶炸开，占领制高点的县大队战士有几人被炮弹掀下了房顶，摔倒在地昏了过去。

鬼子越逼越近，为了保住退路，战士们不得不与鬼子展开逐屋逐巷争夺战。

有几个小鬼子对着一间土屋抛出了两颗甜瓜手雷，轰隆隆爆炸后，他们端着刺刀冲进院内。屋内的几名二班战士见状，

也冲了出来。双方在不大的院子里展开了殊死肉搏战。压着房顶的几名战士见状,从房顶跳了下来,加入了战斗。一时间,不大的院子里,不断响起叮叮当当的刺刀碰撞声、助威声,伴随着咬牙切齿的叫骂声,搅得小院子尘土飞扬。

二班战士赵虎在与鬼子的格斗中,枪被鬼子挑落在地,千钧一发之际,他抄起地上的一把铁锨,重重地拍到小鬼子的钢盔上。带着寒风的铁锨与钢盔发生碰撞,发出当啷一声,直拍得那鬼子转了一圈。赵虎又顺势一个狠力,一铁锨拍向小鬼子后背,只听噗的一声,鬼子口喷鲜血栽倒在地,抽搐着蹬直了双腿。

战士李栓子被鬼子逼入墙角,鬼子的刺刀上下左右地晃来晃去。在躲闪中,他不小心被刺中左胸,他忍着剧痛,怒瞪双眼,憋足了最后一口气,大吼一声"嘿!"右手抡起枪托横扫过去,嘭的一声,砸开了小鬼子的脑壳,小鬼子的身子像破麻袋似的甩了出去,浑身痉挛了几下,没了气息。李栓子因为用力过猛,加之刚才被小鬼子一刺刀捅在了左胸,他将鬼子抡倒在地后也呼了一口长气出来,摇晃了几下倒在血泊中。

在院内战士的英勇拼搏下,闯入的几个鬼子被消灭了。

院子里一片狼藉,血溅得到处都是。小鬼子躺在地上,还冒着热气的血水发出阵阵腥臭味。

在消灭了鬼子后,几名战士跳过院墙和班里其他战士会合,又加入了阻击敌人的巷战。

大队长刘勇眼见区委书记付杰民突出重围,县大队也有了不小的伤亡,再在村里与鬼子纠缠伤亡会更大。思考片刻后他果断地命令:"一班长掩护!其他人员赶快撤出村子,脱离战场!"

听到命令,从房顶跳下来的战士与土坯房里的人员会合,沿着原路陆续撤出了村子。

村东头的鬼子发现村北有人撤出,机枪、步枪从村东头向村北射来,在大队长刘勇的身前身后密集地打起一簇一簇烟柱。

警卫班长齐大祥见状,一把薅下戴在大队长头上的皮帽子,往自己头上一戴,跑开转移了敌人的火力,掩护大队长冲出了弹雨。

事后,大家分析,鬼子可能认为大队长戴着一顶皮帽子,觉得他一定是个指挥官,所以才集中火力向这个目标射击。好在警卫班长齐大祥机警,及时扯下了皮帽子自己戴上,转移了小鬼子的注意力,加之当时地形凹凸不平,人在无规则运动中不易被击中,他们这才脱离了险境。

村里,班长刘长才抱着一挺机枪,带领几名战士利用村中各家房屋的院墙做掩体对敌人进行射击。他先对着东边一个点射,随即窜过一堵矮墙,向着西边一梭子,不断灵活地改变着射击的位置,让鬼子摸不清到底是哪个方向射过来的子弹。他嘴里还不停地叫骂着:"小鬼子,来吧,你大爷刘长才在这里等着呢!"

两个冲到围墙外边的伪军,刚好听到了一边打枪一边叫骂的正是人称"活扒皮"的刘长才。两人一嘀咕，认为活捉了刘长才，可以到太君那里领一大笔赏金。他俩也是让大洋冲昏了头脑，财迷心窍，便瞅了个间隙，从东墙根一个纵身，翻身上墙。刘长才听到背后有呼呼的喘气声，一转身，见两个汉奸翻上墙头还没来得及往下跳，他一个点射，两个汉奸呜呼毙命。其中一个汉奸中枪后扑通一声，一头栽在了墙根处，两腿抽搐着，翻了翻白眼，咽了气；另一个汉奸摔到墙外，嗝了两声，也没了动静。

此时，西边墙上又上来两个鬼子。一个鬼子上墙后，对着刘长才丢了一个手雷。见此，刘长才机智地闪入房内，轰的一声，手雷爆炸后腾起的烟雾罩住了小院。烟雾尚未散去，刘长才将机枪从窗内伸出，"哒哒哒"一顿点射，把两个鬼子直接打得软了身体，重重地叠在了一起。刘长才扭头吐了一口因手雷爆炸冲到口腔里的灰末，骂骂咧咧道："他娘的，再敢进来，老子让你们统统去见阎王！"

他听到村北的枪声渐渐稀了下来，估计队长已带人冲出去了。他与身边的战士一商量，觉得再打下去已没有必要了，他们已经完成了掩护任务，便招呼着班里的战士翻过矮墙，弯着腰一溜烟向北追去。

县大队一个刚入伍的新战士在穿过一块棉花地时，一个棉桃挂在了他的子弹带上，一跑动，棉桃不停地敲打着他的腚。因为过于紧张，等到了安全地带，这新战士哭丧着脸怯生生地向大队长刘勇报告说："大队长，我负伤了！"

刘勇听了一惊,赶紧追问:"哪里负伤了?"

"屁股!"新战士答道。

"给我看看!"大队长一看,原来是挂在子弹袋上的棉桃在作怪,他飞起一脚,嗔骂道:"滚!什么负伤了?是棉花桃把你腚打疼了!"惹得其他战士哈哈大笑,这新战士自己也觉得不好意思,赶快躲到一边去了。

这次解围战,县大队阵亡十八名战士。

在老乡们的帮助下,牺牲的十八名战士的遗体被抬了回来。区委书记付杰民在大队长刘勇的陪同下,一一看了战士们的遗容:赵成、三喜子、李栓子……

多么熟悉的兄弟呀!

赵成,这位刚满二十岁的战士,前几天还跟刘勇说:"大队长,等撵走了小鬼子,我就回家好好地伺候我那老娘去。我爹走得早,自打我娘生下我以后,她身体一直不好,病病歪歪的,地里的活干不了。因为我在队伍上,她全靠乡里乡亲、左邻右舍帮忙,才能打些粮食勉强维持生计。她只能在家养个鸡、做个饭,弄点针线活。去年,鬼子扫荡到俺村,见到俺家的鸡就抓,俺娘护了一下,结果被小鬼子一枪托捣在腰上,当时就躺在地上起不来了。等鬼子走后,是邻居把俺娘抬进屋的,她在炕上躺了大半个月下不来地。到现在,一用点力就浑身疼,家里稍重点的活就干不了了。等打跑了小鬼子,我就回家伺候我娘,让她老人家少受点罪,享两天福,让她知道我这个儿没有白养。等日子好点,我再娶个媳妇,好生过日子。哦,对了,大队长,等我娶媳妇的那一天,你可千万要来啊,喝上两杯喜酒,还算我是县大队的战士,是你的兄弟,行吗?"

三喜子,今年刚满十六岁,小小的个子,圆圆的脸庞,一双机灵的眼睛特别有神。他父母早亡,是个孤儿。虽然命运多舛,却是个乐天派。自打来到队伍上,他一天到晚蹦蹦跳跳的就没有愁事。在县大队这个大家庭里,每个同志都是他的大哥,他得到这些大哥们百般呵护。每逢急行军,这些大哥们总是帮他背负行囊,尽量减轻他的负重;战场上,总是把他安排在相对安全的位置,生怕他有什么闪失;谁有点好吃的东西,总会想到要给三喜子留点。三喜子爱钻到各个班、排,把自己的所见所闻说给大家听。上次跟大队长刘勇进县城,除掉汉奸赵长顺,他一回来,就眉飞色舞地把事情的详细经过讲给大家听。当说到赵长顺挨了大队长的枪子僵立在原地,两眼呆滞,然后像一根木桩一样摔倒在地,蹬了两下腿咽了气时,三喜子连比带画、声情并茂,自己先嘎嘎乐起来,逗得大家开怀大笑。三喜子就是县大队的小活宝,他离不开这个大家庭,大家也不能没有他。如今,他静静地躺在这里,刘勇犹如万箭穿心般难受,他懊悔自己没有保护好这个孩子。

区委书记和大队长走到李栓子的遗体前,看到他胸前洇出的大片血迹时,区委书记付杰民眼噙泪水,悲戚地念叨着:"好样的,都是好样的!你们都是英雄,没给咱爹娘丢脸!没给咱中国人丢脸!"

大队长刘勇在一旁咬牙切齿地说道:"这个仇咱一定要报,

决不能让小鬼子有好日子过，今天咱们在这里躺着十八位弟兄，明天定要让小鬼子加倍偿还！"

"对！"书记点了点头说道，"这笔血债一定要让他们加倍偿还！这些小鬼子不在自己国家老实待着，跑到我们国家来无恶不作，残害虐杀我们的同胞，这是绝对不能容忍的！"

刘勇接着说道："昨天有个老乡来说，鬼子发话了，'谁为土八路收尸，谁就是跟大日本皇军对抗，就不是良民，下次来了统统枪毙'，老乡们这是冒着生命危险把牺牲的战士们抬回来的。"

"哼！"书记回道，"看他们还能嚣张几天，早晚让他们知道咱中国人不是那么好欺负的！"

刘勇默默地注视着这十八位战士的遗体，心情久久不能平复。他们是战场上可以为自己挡子弹的战友，是与鬼子拼刺刀时可以交付后背的兄弟。这些战士们，没有文化，但是那些朴实的面孔，看着真是让人肝肠寸断。如今，这些战士安静地躺在自己面前，犹如经历一场恶战后累了，静静地安睡着。

刘勇转过身来，声音低沉地对区委书记付杰民说道："书记，战士们都抬回来了，他们打鬼子，个个都是好汉，他们是为国家、为民族牺牲的，要让他们走得体面、安详，我看就用咱们的传统方式把他们安葬了吧，为他们每人定口好木料的棺材，不能让他们在九泉之下再受委屈！"

在战火纷飞的年代，凡战场牺牲者能有草席裹尸、黄土掩身，就是哀荣；离开这个世界时能睡在棺材里，埋在坟冢下，几乎是不可思议的奢望。

区委书记付杰民沉思片刻后，转身对民政助理员说道："大队长这个要求我们要接受，不管有多大困难，区里也要想办法克服。去积极动员乡绅贤达，让他们伸出援助之手，有钱的出钱，有力的出力，把这件事情办好！"

民政助理员应道："我马上去办！"

乡绅们听到是给打鬼子牺牲的英雄们筹款，都毫无怨言，纷纷解囊相助，很快十八口柏木棺材就制作停当。县大队以隆重的形式为十八位英雄入殓。

追悼会庄严肃穆。十八口漆黑的棺材排成两列整齐地停放在灵堂，十八位英雄已经被战友们洗净身上的血迹，换上干净整洁的衣服，安详地躺在散发着淡淡木香的棺材里。面对十八位英雄的棺椁，刘勇无比沉痛地说道："同志们，今天，躺在这里的都是我们的生死兄弟，为了打鬼子，他们先走了一步，我们活着的人，要记住他们是怎么走的，他们是为了咱们的兄弟姐妹不再受日本鬼子的欺侮，为了老百姓能过上安稳的日子，为了捍卫我们这片富饶的土地而牺牲的。我们活着的人，要接过他们手中的枪，杀鬼子，要报仇！直到彻底地把小鬼子赶出我们的家园！"刘勇说到这里，怒目圆睁，将拳头攥紧高高地举过头顶。然后，他转过身来，命令护送队举枪，为兄弟们鸣枪送行！

砰砰的枪声在空旷的乡野间回荡。

枪声一停，不知道是谁在队伍里大声地喊了一声："喜子，栓子，一路走好！"

这一声呼喊，使大家强忍在心里的悲痛情绪爆发了出来，有人哭出了声，更有人咬牙切齿地骂道："小鬼子，王八蛋！下次叫我碰上，看我不戳你几个大窟窿，送你下地狱！"

在一片群情悲愤中，大家用军人的方式送别了十八位战友，告慰了这些为抗击日寇而牺牲的家乡子弟的英灵。

惊魂山楂林

初春的徒骇河两岸，柳树枝条上刚刚冒出了一点点透着嫩绿的细小"米粒"。沿河望去，到处泛着淡淡的绿意，不知名的野花仿佛也耐不住寂寞，稀稀落落地散在河堤上。蒲公英从野草丛中探出头来，黄色的娇小花朵凋谢后，变成绒球遍布在田野中，微风一吹，扬起的种子漫洒在空中，轻盈地随风而飘，不知飘向何处再孕育新的生命。

披着破棉袄，推着独轮车，扛着农具的庄户人开始在地里劳作，一锨一锨地扬着粪肥。一只幸存下来的小黄狗安静地卧在田埂边，下巴搭在前爪上，时而睁大眼抬头望着远方，时而眯起眼回头看主人干活，不知在思索着什么。

这只幸存下来的小黄狗说来也令人惊奇。这是一只农家土生土长的小狗。近阶段，由于环境比较残酷，八路军只能在夜间活动，为了防止鬼子汉奸利用晚上的狗吠声发现八路军，村民决定用三天时间，将自家养的狗都处理掉。

小黄狗主人恋恋不舍地抚摸着它的头，想到过两天小黄就要离开他们，心里真是难以割舍。为了能得到些许安慰，他便赶了个早集，买了几块卤肉，打算一天给小黄一块，让它吃上三天再送小黄走。这小黄狗似乎也意识到了什么，这两天，平时在街上一起戏耍的小伙伴一个个都不见了踪影，冥冥之中它感觉有事要发生。第三天，它就不吃不喝卧在门外想心事，不管主人怎么叫，都是一副无精打采的样子，卤肉丢在碗里，它连闻都不闻一下，已经招了苍蝇。太阳落山了，小黄似乎感知到了什么，突然一起身，冲出了小院，瞬间不见踪影。

主人发现小黄不见了，四处寻找，问遍全村，没人说见过小黄。主人甚是疑惑，以为是小黄在外游逛时，被人捉住了，也就未再细想，只是为小黄伤心了一阵。未承想，过了几天，小黄拖着疲惫的身体跑了回来，见到主人，它眼含泪水，摇着尾巴低声呻吟着，用头蹭着主人的裤脚，似是哀求主人原谅它的不辞而别。那样子，着实令人心酸。从此以后，不管白天黑夜，小黄在家中见到生人来，都出奇地安静，一声不吭地摇着尾巴欢迎客人。今天，跟着主人出来干活，在空旷的田野里，小黄显得格外安逸！

去年秋季播下的小麦种，历经一个冬季的雪润霜打终于迎来了春的气息，在广袤的平原上，麦苗齐刷刷地泛着绿油油的光，长势煞是喜人，如果不出意外，今年的粮食收成会好于往年。人们盼着今年能有个好收成，仿佛已经闻到了新麦子的香味。

随着对敌斗争形势略有好转，县大队有时也在白天公开活动，几百人的队伍走到哪里都是雄赳赳气昂昂的。县大队报告的那桩小王庄遭袭的案子，也有了结果。

锄奸科接到报告后，立即将此事上报给了分区保卫部。保卫部通过在济南的地下组织了解到，张家三小子名叫张名东，在济南经营着一家木材商行。在经商过程中，他与日军华北驻屯军住济南"洙源公馆"里的特务有了联系，被该特务机关正式收纳为成员，成了一名彻头彻尾的汉奸，同时他还按时领取特务机关的经费，为日军特务机关秘密搜集情报。

那天，张名东回村相亲，正巧碰上会长到他家派粮款，他敏感地觉得晚上急急忙忙地筹粮派款这一举动违背了常理，这引起了他的怀疑，他猜测会长是在为八路军筹粮，遂将这一情况报给了济南特务机关，济南特务机关立即将这一情报通知了齐阳县日军中队长野田，令他速派兵去小王庄清剿八路军。

刘勇在危急时刻沉着冷静，反应敏捷，对这一突发事件做出了准确的判断，并命令班长刘长才带领一班人在一线冒死硬拼，才使得县大队脱离了险境。关于张名东，锄奸科已派人前往济南，将其处决，布告经县长签名已送达小王庄张家。一桩迷案终于水落石出。

小王庄维持会，二东进屋后见会长正扒拉着算盘算计着粮款摊派的情况，便悄悄地凑上前说道："叔，你听说了吗？"

"我听说什么了，你这没头没脑的一句话，什么意思啊？"会长问道。

二东回道："我是说张家那老三张名东让县锄奸科派人在济南处决了，布告上是县长签的名嘞，也通知老张家了，三子他娘正在家里抹眼泪呢!"

"哼!狼走千里吃肉,狗走千里吃屎。他是坏事作到头了!"会长恨恨地说道,"这孩子打小就好吃懒做,不干正事。那一年,他偷了人家的鸡在地里烤着吃了,被丢鸡的那家人发现了,找到他家,告了他偷鸡的事,他被他爹好一顿打,他不但不改,转天就把丢鸡那家人的炕烟囱给堵上了,弄得人家家里满屋子都是烟,呛得没法睡觉。二东,你还记得这事不?"

"记得!记得!"二东一边连连回应着,一边又神神秘秘地凑近会长,"叔!我还听说,他跟日本人勾搭上以后,还去了东北一段时间,参加了一个日本人办的什么班,哦!叫训练班!专门受过训练,出来后,就会'嘀嘀嗒嗒'地发个什么电码子。"

"不对,那叫电报!我听说过那玩意儿。"会长纠正道。

"哦,对了,叫电报!他报告什么情况,人不用出屋,'嘀嘀嗒嗒'地一按,就把事说了,几百里地之外马上就知道,可邪乎了!那天,八路军驻咱村的事,就是他这么传过去的。看把他能的!"二东说到这儿撇了撇嘴,然后又庆幸地说道,"得亏咱八路军转移得快,要不,真得吃大亏!"

会长一听,摇了摇头,气愤地说道:"他这算是真正作到头了,放着好好的生意不做,帮着鬼子来祸害中国人,这种人就得杀了,该!"王有义恨恨地说完后,把算盘一合,放到一边,搓了搓双手,然后又放到嘴边哈着气说道:"今年这一打春,天气还这么冷,看来还得有场雪要下,地里的麦子让雪一盖,今年应该会有个好收成！"

平时很少答话的老秦头撇着嘴回道："嘻！收成再好，也架不住鬼子汉奸这么闹腾。他们不管老百姓的死活，一年到头，这税那粮的没完没了，老百姓辛辛苦苦打下的那点粮食，经不住他们三天两头地征抢！"老秦头说完后，摇着头叹了口气。

二东跺着脚，不停地在屋里小步转着圈，也凑热闹地说道："叔，你看这样行吧？等咱村麦收打下粮食来，咱悄悄地通知全村的人除了留点自家用的，其他的就坚壁起来，等鬼子汉奸来征粮，咱就说今年粮食一打下来，就让八路军带走了，咱老百姓也没办法，让鬼子汉奸找八路军要去，看他们有没有那个胆量，你看这法子行不行？"

王有义回道："行是行，就是村里那几家摇摆户你能控制得了吗？如果他们一动摇，漏了实情，那我们就不好收场了。"

"那总不能就这么白白地把打下的粮食交给鬼子吧！哦，让他们吃饱了，再来打咱中国人？这心里总是不舒坦。"二东嘟囔着，然后又继续说，"那不行就等咱队伍过来，听听大队长的意见，看他有什么办法，反正这粮食打下来，就不给这小鬼子。"二东不情愿地絮叨着。

前天，大队长刘勇从分区开会回来，又带来了令人兴奋的好消息："抗日战争的形势有了根本性转变，敌强我弱的态势也有所改变。虽然我们目前尚不具备反攻的条件，但是由于鬼子汉奸在全国各地战场都受到了不同程度的打击，他们兵力不足的问题暴露了出来。加之国际反法西斯斗争的形势越发有利于正义一方，德国、意大利、日本等国难以自保，日本帝国主义的寿命注定不会长了。所以，我们要积极准备、争取主动，为反攻创造条件。"

大队长刘勇带来的这个鼓舞人心的消息一经传达，大家兴奋异常。"要反攻了，好，早就盼着这一天了！这口气可是憋了不少年了，是到了该吐出来的时候了！"大家欢呼着。还有人高兴地向大队长刘勇提议道："大队长，你批准大家中午喝点酒吧，咱们也庆贺庆贺怎么样？"

刘勇想到近段时间物资青黄不接，县大队生活很是清苦，因为吃不好，战士们体质明显下降，一个个都面黄肌瘦的。为了避免被敌人偷袭，经常一晚上要转移两三次，大家空着肚子，行军速度明显慢了下来。

在战场上，这些亲如兄弟的战友们，他指向哪里，就冲向哪里。前面的倒下了，后面的又补上去，没有一个孬种。遇到危急时刻，他们毫不犹豫地冲上去，首先掩护的就是他，丝毫不吝惜自己的性命。在他们心里，他就是他们的主心骨，就是行动的力量和方向，就是他们的长兄。他被战士们那种无畏的献身精神深深地感动着，他没有理由不去呵护自己的这些兄弟们。以至这种在战争年代养成的亲兵如兄弟的习惯贯穿他的一生，让他在和平年代带兵也是如此。只要听说某个战士生病身体不舒服，他都亲自去嘘寒问暖，为战士寻医找药，下厨做病号饭，看着他们吃下去，他才心安。

新中国成立初期，人民生活水平普遍不高，大家都在为新中国建设出力流汗。部队的战士有家里遇到困难的,只要让他知道,他都鼎力相助,想方设法接济这些有困难的战士们,为他们消除后顾之忧。如若让他知道或看到哪个属下受了委屈,他都会为其仗义执言,讨个说法。他就是这样一个有血有肉、敢爱敢恨的山东汉子!

今天大家高兴,提出想喝点酒,他也感觉近来斗争形势稍有松缓,便默许了。

天气渐渐暖和了,因为形势略有好转,战事不太频繁,队伍驻地也相对稳定了一些,有时在一个地方驻扎十天半个月也是常事。

今日,县大队在保屯乡的陈庄驻扎,借着这个好消息,部队中午加了餐喝了酒。喝到起兴时,个别战士还猜拳行令地比画了一番,好不惬意!一番喧闹过后,大家三三两两地散去。班长刘长才临走见还剩半碗齐阳小烧,顺手端起一仰脖灌下肚,嘴里还叨叨着:"当八路军不亏,八路军也有酒喝。"

部队安静了下来,村庄也安静了下来。在大队部刚看完分区送来的敌情通报的刘勇,忽听外边传来一阵急促的脚步声,情报员气喘吁吁地跑进来报告:"大队长,鬼子来了,距村西约有四五里地,正冲着这边开过来。"

刘勇一惊,忙问道:"有多少人?"

情报员回道:"鬼子伪军加起来估计有三百多人。"然后又补充道:"从鬼子的行动速度来看,不像是他们发现村里住着八路军,也可能是路经这里到其他地方去扫荡。"

突如其来的敌情，令人措手不及，刘勇立即命令通讯员："马上通知值星排长集合队伍，准备战斗！"他自己则带上几个人匆匆前往村西的山楂林观察情况。

位于村西、占地二三十亩的山楂树林，一人多高的树干整齐地排列着，青翠的树叶已长满了枝头。从山楂树林的缝隙向外望去，视野十分开阔，前方几里地的目标清晰可见。

刘勇弓腰举着望远镜透过山楂林全神贯注地观察敌情，班长刘长才醉醺醺地跑了过来，右手提着掷弹筒，左手攥着一发炮弹，嘴里嚷着："鬼子在哪儿？鬼子在哪儿？"他踉踉跄跄地来到大队长身后，还未等站稳，便弓着腰往前一瞅，见远处有人影晃动，他二话没说，一抬手就将炮弹填入了掷弹筒，嘭的一声，刘勇本能一低头，炮弹带着哨音飞向了敌方阵地。

这一炮打出去，非同小可，惊得正在聚精会神观察敌情的几人纷纷卧倒在地。大队长刘勇旁边的警卫班长齐大祥听到这刺耳的哨音，出于本能反应，敏捷地上前飞扑到刘勇身上，把刘勇护在他的身下，他自己也惊出了一身冷汗。待硝烟散去后，他起身才发现炮弹是从身后打来的。他将刘勇扶起后，给他拍了拍身上的灰尘，回头对着刘长才急巴巴地说道："我的娘呀，真悬呀！你这是干啥呢？喝多了吧？你这炮口再矮一寸，大队长就让你报销了！"说完，他抚了抚自己还在扑通扑通乱跳的心脏。

刘勇起身后，扭过头，见一班长刘长才红着眼，嘴里喷着酒气，还在唠唠叨叨地叫着："打他！打他！打这狗日的小鬼子!"他完全没意识到自己这一鲁莽冒失的举动,险些酿成大祸。刘勇气得大声吼道:"浑蛋!你差点把我的脑袋挂到山楂树上!滚回去!"说罢他带上人气咻咻地转身就要离去。

对面的鬼子、伪军一听这突如其来的炮弹爆炸声,立刻停止前行,纷纷散开,占领有利地形准备还击。

刘长才被大队长这么一吼,呆愣在原地,酒也醒了大半,正待转身时,忽见敌人阵地上扬起了一溜尘土,直接朝着山楂林的方向飞速冲了过来,他不禁叫道:"大队长,你看!那是什么?"

刘勇回头一看,在尘土的包裹中,一只黑色的狼狗速度极快地向他们这边奔来。

"是一条狗!"齐大祥抢着说道。

众人渐渐看清,这是一条毛色发黑、浑身油亮的狼狗。像这种德国黑背,鬼子军官喜欢豢养,这种狗牙齿尖利,撕咬猎物非常凶猛,鬼子经常让它们撕咬负伤被俘的八路军战士和老百姓,以此取乐。

狼狗慌不择路地向山楂林冲来,一旁的齐大祥端枪欲扣动扳机射杀,刘勇赶快抓住他的枪筒制止了他,道:"别开枪!"

说话间隙,狼狗已冲入山楂林,见到这里都是穿着军装的人,它吐着长长的舌头,喘着粗气,摇头摆尾地凑上前来,温和地向人示好。

"这条狗年龄不大,也就一岁多,看来没经历过这阵仗,叫一班长一炮把它炸得晕头转向,不知东南西北了。既然它跑过来了,就带上它吧,赶快转移!"说完,刘勇迅速撤出了山楂林。

部队从村里撤出后向南急行军,走出几十里地,来到了李各庄,安顿了下来。这时,大家才仔细观察这条黑色的狼狗。齐大祥看了一阵后凑上前去,抚摸着它的头,它也温顺地趴在了地上。

"大队长,这狗也不知道叫什么名?"齐大祥回头问道。

刘勇回道:"在鬼子那里叫什么名,咱不知道,肯定是日本名,到了咱这里,你给它起个什么名就叫个什么名,时间一长它就熟悉了。"

齐大祥说道:"那大队长你给它起个名吧。"

刘勇看了看狼狗,黑油油的背毛加上略带棕红色的胸脯毛,四肢粗壮,一双耳朵支棱着,两只眼放着稚嫩的光,立在那儿好生威武,着实让人喜欢,便顺口说道:"叫黑虎吧,嗯,就叫它黑虎!"

"黑虎,好啊!"大家齐声赞道,"这个名字好!"

从此,县大队又征召了一名"特种兵战士"黑虎!

这只名叫黑虎的军犬,格外通人性,经过一段时间的驯养,它和战士们越发熟络起来,和大队长刘勇格外亲近,刘勇走到哪里,它就跟到哪里。夜间休息,它就忠实地卧在屋门口,俨然成了刘勇的贴身保镖。在朝夕相处的生活中,黑虎与刘勇以及县大队的战士们建立了深厚的感情,同时,黑虎也在频繁的战斗中历练得更加机敏和成熟了。

每逢夜间行军，黑虎总是雄赳赳气昂昂地走在队伍前面，发现异常情况，它立即警觉地竖起耳朵，立在原地聆听动静，机敏地注视着前方。

在战场上，它一听到枪炮声，不会像过去一样表现得惊慌失措，而是沉稳地伏在地上，观察着大队长的表情和举动，一旦他发出指令，它就会勇猛地冲上前去撕咬敌人，凶狠无比。黑虎在之后的多次战斗中，都发挥了重要的作用。

县大队在攻打洪官屯据点时，黑虎嘴里叼着一个炸药包，勇猛地冲了上去，为炸毁洪官屯据点主炮楼立了大功！

那还是去年夏天的事……

修建在商河、临邑、齐阳三角地带中心位置的洪官屯据点，南临黄河，北临冀鲁边界，西边延伸至德州，向东便是齐阳，它处在连通东南西北的交通要道上，如同卡在咽喉上的一根刺，给八路军部队的行动造成了极大的阻碍。拔掉洪官屯据点这个钉子，已然成了县大队刻不容缓的任务！

洪官屯据点占地面积约六七千平方米，建有一座高度约为二十米的主岗楼，东南西北四处也各修建了一座十二三米高的附属岗楼。主岗楼视野开阔，天气晴朗时俯瞰四周，方圆十几里内一览无余。

据点内戒备森严，防御工事十分坚固，易守难攻，内驻一个小队的日军和一百多个伪军。每个附属岗楼内有五个日军领着二十多个伪军。连接各附属岗楼的平房分别是弹药库、杂物房、半开放式的马厩、摩托车房、伙房等，设施一应齐全。据点周围还挖有五米宽、三米深的防护沟,进出据点的唯一通道就是一座吊桥。凭着这坚固的乌龟壳,据点里的日军和伪军气焰十分嚣张,隔三岔五就出来骚扰附近村庄的老百姓,害得老百姓整天提心吊胆地过日子。

方圆百里范围内,他们还可以随时出动兵力来为受到八路军打击的同伙解围。上个月县大队在距离洪官屯据点五六十里地的三官寨伏击小股鬼子和汉奸队时,就是因为他们及时得到了洪官屯据点的出兵增援,县大队未能彻底消灭敌人,搞得刘勇心里非常窝火,咬牙发狠一定要拔掉这个据点。

他琢磨着,洪官屯据点工事坚固,防范严密,四周又有很深的防护沟做屏障,无法靠近,按县大队现有的武器装备,强攻肯定不行。如何拔掉老虎嘴里的这颗毒牙?大队长刘勇发动全体人员动脑筋,想办法。

战士们听说要打洪官屯据点,个个热情高涨,来了精神。讨论会上你一言我一语,争先恐后地献计。正在大家议论纷纷时,三排一个外号叫"葫芦"的战士突然闷声闷气地说道:"我有个表哥在洪官屯据点里当班长,我想可以让他给咱们通个风、报个信,配合咱一下,弄不好就能成!"

外号叫"葫芦"的战士,大名叫陈锁子,是石垛乡陈庄人。此人自幼少言寡语,性格懦弱,在村里常常成为被耍弄的对象。其父母逢人便说:"这孩子虽是男儿身,却是女孩的胆,天生胆小怕事,将来成不了气候。"就这样他唯唯诺诺地长到十八岁。去年春上,区里动员年轻人参军,他看到儿时伙伴参军的参军,没参军的去了天津卫做生意,都陆陆续续地离开了村子,他心里也是空落落的,便也向父母提出想参加八路军。父母考虑到孩子也成人了,八路军说话又和气,不像汉奸队那样凶神恶煞地欺负老百姓,八路军在村里还净帮老百姓干好事,他们对八路军印象挺好,就觉得把孩子送到八路军队伍里,练练胆量,兴许能长点能耐,也就同意了孩子的要求。

来到队伍后,陈锁子刚开始也是一天说不了三句话,一说话就脸红。在班长的鼓励下,他有时能够和班里的战士们交流几句,但大多时间还是坐在外围听别人说话。

刚才讨论攻打洪官屯据点,他说自己表哥在据点里干班长,三排长听后一拍大腿,着实把他吓了一跳,以为自己说错了什么话,脸都变了颜色,连忙解释道:"你们可别多想,我跟他没啥联系。"

三排长笑着回道:"别害怕,没事,我觉着这办法挺靠谱,走,咱找大队长去,跟他说说,就利用这个关系,咱来个里应外合,准能成!"

刘勇一听据点里有这么个人,自然是喜出望外。连日来,困扰他的也是没有内应的问题,今天,得到这个消息,他内心踏实了很多。有了内应,攻克据点就有了七成的把握。刘勇当即决定,派得力人员先去探访葫芦表哥的家,做好葫芦表哥家人的工作,然后,再去接近葫芦表哥,进一步做好劝解说服工作。

八路军派去的人员通过了解得知,葫芦表哥也是个苦孩子,他家境贫寒，自小就没了父亲，是母亲含辛茹苦把他养大。成人后，他是为了混口饭吃，才干上了伪军。虽然混了个班长，但也是低三下四地看日本人眼色行事，稍有不恭，就会招来打骂，他经常受日本人的气，早有撂挑子不干的想法。八路军战士对其母亲晓以大义，讲其利害，其母非常开明，也表示会劝儿子改邪归正，做一个堂堂正正的中国人。八路军战士经过几次与葫芦表哥的接触，感觉此人可信，不是那种油头滑脑的人，便向其言明了意图，葫芦表哥也表示愿意配合，还详细透露了据点里的兵力和武器装备情况。

通过葫芦表哥提供的信息，县大队了解到，据点里原有日军五十多人，由于上个月调走了一个班去补充仁风据点的兵力，据点里现在还剩下三十多个日军、一百多伪军，配有歪把子机枪两挺、长短枪一百多支、小钢炮三座、手提式掷弹筒五门，弹药充足。机枪和小钢炮全部由日军把控着。

如此清楚地得到了据点里兵力和武器的配备情况，刘勇心里自是有了底气，便立即动员部队进行战前准备工作，随时准备攻打洪官屯据点。

一天，八路军接到了葫芦表哥从据点里传来的消息，称有十几个鬼子还有伪军联合其他据点的鬼子准备一起下乡扫荡，因为这次扫荡的地方比较远，估计要两到三天的时间才能返回，这可是个难得的好机会。刚好那一天轮到葫芦表哥值夜岗，可以趁鬼子外出扫荡、据点里空虚的机会，乘机端掉他们的老巢！

得到这个令人兴奋的消息，大家纷纷着手准备起来。有制作炸药包的，有准备绳索的，有绑制木梯的。二排有个战士名叫冯德全，他一边收集秸秆和稻草，嘴里一边还恨得骂骂咧咧地说："他娘的小鬼子，等攻下了炮楼，我一把火全给你烧喽，我让你有窝不能回，看你还嚣张不嚣张了！"

"对！"小战士刚子也在旁边似懂非懂地补充道，"别看小鬼子一天到晚张狂得不知道自己姓什么，还起个四个字的名字，等点着了炮楼，我给他起五个字的名字，就叫他火烧王八窝！"

一切准备就绪后，大家都迫不及待地等待着据点里的动静。过了两天，终于从据点里传来了确切的消息：部分日军已离开据点，半夜十二点是葫芦表哥的岗，他还告知了联系方式——以手电筒长闪三下为行动信号。

夜幕降临。县大队所有参战人员一个个都精神饱满，反复检查着武器装备。一切准备停当，部队开始一路急行军，不到三个小时，就悄无声息地来到了据点附近埋伏了下来，等待着葫芦表哥发出的信号。

十二点一到，如约而至的灯光闪了三闪，随后吊桥慢慢地放了下来。

大队长刘勇见了给出的信号，一声令下："出击！"

战士们一个个起身飞快地越过吊桥，冲着各自分工好的攻击目标奔去。

东炮楼里的鬼子正睡得跟死猪似的浑然不觉，还在睡梦中就被闯进来的战士们一顿乱砍，丧了性命。他们做梦都不会想到就这样糊里糊涂被送回了东洋老家。听到响动被惊醒的伪军见此情形,惊恐万分,忙不迭地滚下床来,跪在床边不停地磕头求饶,浑身筛糠似的,嘴里一个劲地喊着"饶命,饶命!"西炮楼的鬼子也是同样下场,连吭一声的机会都没有便呜呼上了西天。

此时,南北炮楼和主炮楼里睡觉的敌人被异常的响动惊醒了,纷纷起来抵抗。霎时,一道道密集的火舌从岗楼的射击孔里喷出,县大队立即有几名战士中弹。见此情况,刘勇重新调整战术,命令战士们先集中攻打主炮楼的敌人,压制住主炮楼的火力,再解决南北炮楼。

主炮楼里的日军小队长西本太郎一看,八路军将所有火力压向了他们,急得像热锅上的蚂蚁,挥舞着双手拼命地号叫着,让南北炮楼火力支援,他自己也抱起一挺机枪,疯狂地往外扫射。一个战士听令抱着炸药包,刚要起身接近主炮楼,就被机枪扫到,几经挣扎仍然没能起来。

这时,南北炮楼里的敌人也意识到自己的处境不妙,便与主炮楼里的敌人配合,三方夹击用密集的火力封锁通向主炮楼的路径。这样僵持下去,对县大队来说是十分不利的。危急时刻,大队长刘勇急中生智,对着旁边的齐大祥吼道:"让黑虎上!"

齐大祥听令抄起一个炸药包,拍了拍黑虎的头,随即和几名战士连续投出了几颗手榴弹,利用手榴弹爆炸产生的浓烈烟雾作掩护,齐大祥命令着:"黑虎,上!"

黑虎听到指令,叼着齐大祥手里的炸药包,噌地窜了出去,瞬间将炸药包甩在了主炮楼的墙根。齐大祥则用一条毛巾围住了自己的嘴巴、鼻子，顺势闪转，就地一滚借着烟雾的掩护来到了主炮楼墙边，迅速拉响了导火索，带着黑虎飞快地撤了回来。只听"轰隆"一声巨响，主炮楼被炸塌了半边。

硝烟还未散尽，战士们蜂拥而入，逐层清扫残敌。炮楼里有被震昏迷的，有被炸得缺胳膊断腿在那里哼哼唧唧的，有两个鬼子正昏头昏脑地扶着一个指挥官模样的人拼命往楼顶爬。战士们紧追不舍，便看见先上了楼顶的几个鬼子，其中一名指挥官正面朝东，跪在地上，双手紧握指挥刀，嘴里不知嘟囔着什么，然后一刀刺入自己的腹部，又搅了两下歪倒在了一边，地面上立刻洇出了一摊鲜血。另外两个鬼子见状也冲向楼顶边沿，一纵身跳了下去。

县大队的战士们很快占据了主炮楼的制高点，用猛烈的火力封锁住南北炮楼里的鬼子和伪军，直压得敌人喘不上气来。此时，南炮楼里有两个早有投降意图的伪军，见炮楼里还剩两个鬼子在死命抵抗，私下里一商量，决定干掉这两个鬼子，到八路军那边请功，算是将功补过。两人绕到鬼子身后，"砰砰"两枪，结果了鬼子。其他人员一看大势已去，也无心抵抗，纷纷放下了武器，从枪眼里伸出了一条白毛巾，以示投降。

北炮楼里的几个鬼子见南炮楼没了枪声，猜测是出了问题，便严令伪军轮流守住射击孔，不准停止射击，还妄想等待援军的到来。

刘勇见状，叫过一排长命令道："赶快派爆破手炸掉它！"

一排长应了声"是！"便指挥排里的一名机枪手封锁住北炮楼的射击孔，另一名战士抱起一个炸药包，一个箭步冲了上去。他沿着平房墙根，穿过了车房、马厩、伙房，绕到了北炮楼的侧面，将炸药包放到了炮楼下面，拉响了导火索。导火索冒出的蓝烟，就仿佛是送葬队伍抛出的一个个爆竹炸开后腾起的烟团，随着"轰隆"一声巨响，北炮楼里的鬼子被炸得死的死、伤的伤，完全失去了抵抗能力。在呛人的烟雾中，战士们迅猛地冲进了炮楼，将残余的敌人收拾了个干净。

搬掉了洪官屯据点这块绊脚石，大队长刘勇立即下令，将俘虏集中起来带走，赶快清理战利品，撤出战场。战士冯德全带着几个人，来回搬运着秸秆和稻草，堆积几个炮楼里边，淋上刚刚缴获的几桶汽油，一把火点着了稻草。几股火苗冲天而起，映红了半边天，浓烈的烟雾弥漫在空中久久未能散尽。

县大队的战士们抬着伤员、押解着俘虏，兴冲冲地走出了三十多里地。时至中午，太阳顶在头上，热浪扑面，大家走得汗流浃背。来到齐阳县王字庄东头，大家忽然眼前一亮，都忍不住哇的一声，一个偌大的水湾映入眼帘。大湾水质清澈，湾边的青草碧绿，在微风的吹拂下水面泛起阵阵涟漪，让人一见就有想要跳入水中的冲动。在攻打据点时，参战人员都全神贯注投入整个战斗中，丝毫没有察觉身上的军装早已被汗水浸透，直到经过这片大水湾见到了水，才觉出浑身黏糊得难受。众人在水湾边的柳荫下站定，只觉这里清风习习，凉爽无比。一下子看到这么大一个水湾，一排长跑来报告道："大队长，你看大家经过紧张的战斗和行军，衣服也都湿透了，是不是让大家在这里休息一下，顺便在湾里痛快地洗个澡凉快凉快再走？战士们都有这个想法！"

刘勇观察了一下周围地形，确定队伍已经处于安全地带，也觉得在凉爽的柳荫下被微风一吹，早已被汗水浸透的军服贴在身上实在是不舒服，便点头应道："好吧！派一个班看守俘虏和装备，其他人员可以用半个小时下湾冲洗一下，消消暑气再走。"

"是！"一排长得令后，立即返回队伍，通知大家卸下装备。众人纷纷跃入水中，冲洗着因战斗和行军带来的疲惫和身上的烟尘。刘勇见战士们纷纷跃入水中，尽情地在水中嬉戏，也脱下军装，带上齐大祥，来到水湾边，一个猛子扎入水中。入水后，他只觉大湾深不见底，越往下沉，越觉得水下冰冷刺骨。他感觉不对，便急忙游回了岸边。

大汗淋漓时毛孔张开，经冷水一激，体内湿气淤积，从此刘勇落下了病根。每逢阴天下雨，刘勇都感觉髌骨部位隐隐作痛，更甚的是随着年龄增长，每年的秋冬季节，遇到寒冷空气的侵袭他的病情会加重，关节红肿刺痛，行走都十分困难。后经人推荐他得到一中医偏方，每年在发病期间，用新鲜的仙人掌捣成泥敷于肿痛部位，效果尚好。

沙窝伏击战

地处黄河以北的齐阳县，虽然连年遭受黄河泛滥带来的影响，但由河南顺势而下的流经齐阳县城的徒骇河水，却滋润了这片丰饶的土地。这里水草丰盈、六畜兴旺，盛产的小米金黄透亮，香气扑鼻，令人赞不绝口；质地轻薄、透气性绝佳的桑蚕丝，更是令人惊叹；有着皇家贡品美誉的杜家驴肉享誉内外。在鳞次栉比的小村落里，炊烟袅袅，晨起的鸡鸣声、狗儿撒欢时的吠叫声及孩子们的嬉戏打闹声，呈现着百姓在乡间平静祥和的简单生活。沿岸热闹的乡村集市交易，满足了人们对物质生活的需求。遇上风调雨顺的好年景，十里八乡的老百姓脸上都洋溢着丰收的喜悦，感谢老天爷的恩赐。那些农家汉子更是乐得顾不上身体的疲倦和劳累，召集四邻和朋友们品尝自家酿造的小烧，畅聊对来年的寄托和希望。回娘家走亲戚的媳妇们挎着装满美食的篮子，兴奋地走在村与村之间的土路上。

然而，自从鬼子踏入齐阳县城，百姓的生活就陷入了水深火热之中。让人喘不上气来的各种苛捐杂税、超出人们承受能力的征粮压力，加之伪军汉奸队仗势欺人的霸凌，给老百姓往日平静的生活增添了许多困扰。人们敢怒不敢言，只能在背地里议论着这世道的不公，期盼有人能彻底改变这个现状。

这两天，人们又在议论县城里发生的一件事。东关的老赵家当家的被鬼子传进了据点，狠狠地训了一顿，让老赵家凑足银子去赎人，交不上银子就等死。大家不明白是什么让老赵家摊上这等事。事后，据点里的一个伪军透露，老赵家的二小子在据点里帮厨，偷割了一块猪肉，准备下班后带回家吃。没承想鬼子养的一条狼狗正在门岗处转悠，闻到二小子身上有猪肉味，就扑上来抓挠他，他躲闪不及，这块肉掉在了地上，被站岗的鬼子发现了，当场就把他关了起来，好一顿揍。然后，鬼子把二小子他爹传到据点去，说他儿子偷肉有可能是给八路军吃，有私通八路军的嫌疑，决不能轻饶！

有人又问："那现在情况怎么样了？"

伪军说道："听说老赵家正在托人说情，好像花了不少钱，也找了据点里的翻译官，不知道这翻译官能不能说通鬼子队长。现在看来，能让老赵家凑钱赎人，八成人是死不了了，但是，那些鬼子歹毒得很，你钱凑不够数，人也别想回来！"

人们在议论这事的同时，也都一心盼望着八路军能快点过来狠狠地教训教训小鬼子，打击一下鬼子汉奸的嚣张气焰。上个月，县大队利用内线里外配合，端掉了洪官屯据点，消灭了二十多个鬼子和一百多伪军，部队士气十分高涨，也让周围的老百姓有了希望和盼头。

洪官屯据点被端的消息一传十、十传百，很快就传遍了十里八乡，在老百姓口中被传得神乎其神。有的说，你别看小鬼子那据点修得那么牢靠,还是让八路军给端喽!八路军部队里真有神人啊!听说那天晚上,八路军有一个班的人骑着神马跨过了那么宽的防护沟进了据点,小鬼子根本不知道他们是啥来头,还没反应过来就被八路军把头砍了下来。还有的人说,八路军那个大队长受过高人指点,懂奇门遁甲,他把手里的马鞭一挥,整个炮楼里到处都是八路军的人,鬼子没地方跑了,所以才跳楼的跳楼、剖腹的剖腹,看来这回小鬼子是真吃了瘪了。更有好事的人把听来的传言经自己的想象添油加醋地道:"八路军队伍里还有一只神犬,跑得飞快,听说是杨二郎养的那种神犬的后代,到现在多少代了咱也说不上来。哎哟!那晚上攻炮楼,就是那条神犬嘴里叼着炸药包飞上去把炮楼给炸了。鬼子机枪子弹打得那么凶都打不中它,你说它神不神?"

旁边一个听呆了的人半信半疑地问道:"一条狗咋这么邪乎啊?那它平常吃啥呢?"

"八路军那么穷,吃不上喝不上的,哪像小鬼子整天吃洋面大米和肉罐头?"那人继续自信地道,"那条神犬不大吃东西,吃东西也是一点点,还通人性。"

还有不知是唱戏的还是说书的,把拔除洪官屯据点当素材编成了快书,老百姓和孩子们听了也都当顺口溜纷纷传唱:

齐阳县,洪官屯,
夜里来了八路军,
八路军,骑飞马。

跨过壕沟把鬼子杀。

大黑狗，更神奇，

叼上炸药包，

甩到炮楼墙根下，

轰隆轰隆几声响，

炸得鬼子回东洋！回东洋！

大家听了这段顺口溜，都拍着巴掌叫好。人们越传越神，最终也不知道谁说的是真实可信的。

部队近日在齐阳县周围活动，也听到了在老百姓中间疯传的不少事，同时，部队也从内线传递出来的情报中得知，由于洪官屯据点被拔除，城里的日军汉奸表面上还故作镇静，继续吹嘘说："齐阳城可不是洪官屯，土八路敢攻打齐阳城，那是拿鸡蛋碰石头，不自量力。"但内心却难掩恐慌，多次向济南请求援助，要求增加武器弹药和补给。尤其是据点里的日军中队长野田，更是天天嗷嗷乱叫，三番五次亲自督促伪军加固据点、筑垒工事，生怕八路军哪天从天而降袭击县城，也像端掉洪官屯据点一样端掉他们老窝。

这一天，大队长刘勇得到了情报：济南的鬼子近日要给齐阳县城运送弹药和补给。这可是打伏击的好机会啊！获悉这个消息，大家都认为，鬼子由济南向齐阳运送补给，必经黄河大桥走柴梓店，他们可以在柴梓店以东沙窝一带设伏，打个伏击。

打伏击战，沙窝一带无疑是最理想的地点。而且由于县大队常年在这一带打游击,所以他们对这里的地形非常熟悉,可以说闭着眼都知道那里的一草一木、一坑一洼。

由于黄河水常年泛滥,冲毁大堤后漫灌进农田,反反复复,待黄河汛期结束后,残留在农田里的黄沙逐年积累形成了一大片凹凸不平的洼子地,因为它处于黄河堤坝的下端,故当地老百姓就形象地把这片地称为"沙窝子"。

六月天,被强烈的太阳光晒了一天的沙土地十分暄软,一脚踩下去脚踝埋入松软的沙土里面,让人感觉有一股暖流直通全身。这里到处是散乱的野生荆棘林,高高的白杨树及歪歪斜斜的柳树生长其间,一簇簇芨芨草抱团在这里顽强生长,仿佛要跟红荆林争夺地盘似的。茂密的植被足可以遮挡隐于其中的一切,确实是处绝佳的天然隐蔽场所。从这里往大桥方向观望,一条沿堤沙土路伸向前方,视野十分开阔。伏击人员隐藏在这密实的灌木丛中,很难被人发现。真是个打伏击的好地方!

为了确保伏击成功,不打无把握之仗,这天入夜后,空旷的田野里,有三个人正急匆匆地沿着田边小路往南疾行。田地里的蛙鸣声时而有节奏地咕呱叫,时而又提高了八度连成一片地唱着,仿佛一支训练有素的队伍在进行集体大合唱,一些不知名的草虫也在为这支青蛙大军伴奏。如若没有战乱,这里真是一处修身养性的净地。

沿着田埂急匆匆行走的三人,就是大队长刘勇、一班长刘长才和警卫班长齐大祥。趁着夜色,他们赶去黄河大堤下的沙窝地带做实地侦察,为战前做足准备。对于大队长刘勇来说,大大小小无数次战斗的经验告诉他，战前实地勘察地形是非常有必要的。尽管他对这片伏击地已经很熟悉了，但按他的习惯，依然要到现场实地察看再做决定。为确保万无一失，他又来到实地，好摸清地形部署兵力。三人近乎小跑地前进，原本半天才能到达的路程，他们仅用了两个多小时就赶到了。

　　夜色里，站在黄河北面的大堤上往远处望，宽阔的黄河河道像一卷巨幅的画伸向远方，浑黄如浆的河水在月色的辉映下，泛着旋涡一浪涌过一浪，流淌着直向东去。两岸高高的杨树在轻风的吹拂下，哗哗作响。河滩上一眼望不到头的河柳在月光下形成一簇一簇的团状物。正在河边捕食小鱼的夜鹭被三人的突然出现惊得扑棱棱向远处飞去。夜虫和蝉鸣声交织在一起，仿佛这里没有人烟似的，出奇地安静。

　　三人顾不得歇脚，也无心欣赏这波澜壮阔的黄河，仔细地用脚丈量着埋伏地与大堤公路的距离，设定各班、排埋伏的位置，计算冲锋后由埋伏地到敌人位置的时间。

　　齐大祥提醒刘勇道："大队长，我们这次打伏击，可得速战速决，一分钟都不能拖延。你想想，济南离齐阳县城只有三十公里路程，一眨眼工夫援兵就到了！"

　　刘长才在一边插话道："对！争取半小时就解决他！"

　　刘勇继而问道："长才，干掉鬼子车上的机枪手你在多远距离有把握？"

　　刘长才应道："七八十米就行了。大队长，你只要下命令，我保管解决了他！"

"好！"刘勇严肃的脸上露出了笑容。

三人又商量了一会儿，直到都认为可以了，这才兴冲冲地往回返。

从获取的情报中得知，济南的运输补给车队将于明后两天动身。这个消息，迫使县大队要提前进入预定阵地，防止敌人钻空子。刘勇决定，部队当晚就行动，做好长时间埋伏的准备。

一听说有仗要打，战士们的情绪十分高涨，悄悄地议论道："这回得好好整治一下济南来的这帮小鬼子，让他们知道咱县大队的厉害！别让他到处嚷嚷什么土八路土八路的。"

"对！"还有的战士附和道，"土不土，让刺刀说话！"

大家你一言我一语，边议论边认真地擦拭检查自己的武器。有的将枪刺在磨刀石上蹭了又蹭，使刺刀更加锋利。有的将子弹数了又数，爱惜地把这有限的子弹在自己衣服上擦了又擦，直到感觉已经擦得很亮了，才慢慢放入子弹带内。大家都在为这场即将到来的战斗准备着，空气中弥漫着一股说不出的紧张气氛。

班长刘长才见状，便摆出一副满不在乎的神情，故意轻松地对战士们道："都别太紧张了啊，等和鬼子打起来要沉住气！你们几个新兵，别光顾着放枪，可得瞄准了敌人再打，可不带放空枪的，咱们的子弹可是有数的！"

正说着，一排长武光禄走了进来，拍了拍一班长刘长才的肩膀说道："一班长，大队长叫你去一趟！"

"好的！"刘长才应道，转身又对班里的战士们叮嘱道，"大家好好把枪械子弹擦一擦，防止打起仗来卡壳出娄子！"说完走出了房间。

一排长进屋后，顺势抄起一把套筒枪，拉了一下枪栓，仔细检查了一下。战士陈胜凑过来问道："排长！你说这小鬼子大老远舍家撇业地跑到咱中国来，祸害咱中国人，这些缺德玩意儿，他们死后还能上天吗？"

一排长听后来了兴趣，顺势坐在炕沿上，手里握着枪，一本正经地回道："能不能上天咱说不好，只是过去听村里的老人们说，这生前不干好事，杀人放火恶事干多了，那死后肯定是下地狱啊。地狱那可不是好待的地方，那下面可是有十八层呢！阎王爷的生死簿上标得清清楚楚的，作恶多端是没有好下场的。"

"嗯！我们老家也是这么传的，善有善报，恶有恶报，不是不报，是时候未到。"新战士张玉娃也认同地接着一排长的话茬说。

一排长武光禄又故意卖弄道："你们知道吗？这小鬼子很早以前也是咱中国人哎！"

"啊，也是中国人？"张玉娃吃惊地瞪大了眼睛追问道。

"嗯，我也是听我老家的人说，一千多年前，那还是在秦朝时期，有个叫徐福的人为了给皇帝找长生不老药，带着五百童男童女漂洋过海，流落到了日本这个小岛上，就在那里住了下来。不老药没找到，人也没回来，后来就没了音讯。谁承想，这人下了东洋,在外面生活了这些年,咋变得这么坏了呢?"

武排长正在兴头上,待要继续往下说时,一班长刘长才回到了班里,眨巴着眼睛对一排长武光禄说道:"排长,大队长叫你也去一趟。"

一排长笑眯眯地问道:"有任务?"

刘长才诡异地说道:"你去了就知道了。"

一排长武光禄,是个二十多岁的年轻小伙子,长得白白净净,一看就是心地善良好脾气的样子。与大家相处时,他成天都是笑眯眯的弥勒佛相,所以战士们都愿意跟他在一起讲点旧事,他也非常愿意把小时候听老人们说的那些事有声有色地说给大伙听。

他祖籍是河北景县,父亲是精通中医的郎中,秉承着家传的"以德为先"的祖训,乡邻人家有病有伤的,都会给瞧瞧。他爹的医术也算高明,不仅能为上门求医的患者解除病痛,碰上有难处的人家他还不收钱,帮着把药煎好直接给人带回去服用。久而久之,他爹的善行一传十、十传百,方圆百里都小有名气。武光禄的母亲信佛,是个虔诚的佛教徒,一天不落地早晚上香,祈求上苍拯救众生,使众生免遭大灾大难,过上太平日子。他弟弟妹妹受父亲的影响也喜欢上了这一行,立志要潜心钻研、悬壶济世、造福一方,继承发扬祖传下来的中医医道。自从日本人进了中国,侵占了他的家乡,一个好端端的家庭就遭遇了天大的不幸。

一九三七年,日军占领华北平原,五千多日军在河北省的梅花镇里,对全镇百姓进行了四天三夜的屠杀行动!杀害无辜百姓一千余人,四十余户村民被赶尽杀绝,后称"九九惨案"。大街小巷血流成河,一时间,那里成了人间地狱。武光禄的父亲带着儿子女儿行医至此,也没有幸免,惨遭杀害,他的妹妹被鬼子强奸后又被刺死!闻此噩耗,武光禄悲愤交加,他告别了母亲,毅然决然地加入八路军队伍,发誓这辈子不杀十个小鬼子为父亲和弟弟妹妹抵命,就不算男人!由于他在几次反扫荡战斗中表现勇敢,有勇有谋,他很快被提为排长。当了排长后,他依然视战士们为自己的兄弟,闲暇时间,他喜欢跟大家一起讲讲听说的旧事,战士们都愿意围着他听上一段。

"报告!"一排长武光禄来到大队部后,清脆地喊了一声后立在门外,等待屋里的指示。

大队长刘勇听到武光禄的报告后,回了一声:"进来!"然后从里屋走到堂屋中间,望着挂在墙上的地图,右手托着左肘,左手顶着下巴凝思着。

武光禄进屋一看,觉得不便打扰大队长,就立在一旁稍等了片刻。

大队长刘勇转身,拉着武光禄,指着地图说道:"光禄,来,我现在交给你一项艰巨的任务,等我们伏击济南日军的队伍一出动,你就带上你们排的二班、三班,外加四区小队抽调的一个班,赶到城南二十里铺的枣树沟埋伏下来,随时准备阻击从齐阳城出来增援的野田部队。我额外给你配一挺机枪、两个掷弹筒,增强你们的火力。"

"你看,"刘勇拉了一把武光禄,站在地图前指着这次伏击的地点继续说道,"我们这次战斗的伏击地点,距离齐阳城只有二十多公里,一旦战斗打响,野田接到指令,必定会带兵经枣树沟前往增援。"刘勇在枣树沟的位置点了点,然后,用十分信任的目光盯着武光禄说道:"如果牵制不住野田这边增援的敌人,那么,就会造成我们腹背受敌的被动局面,伏击难度就更大了,这样对我们是非常不利的。可是要对付济南开过来的这部分强势凶残的鬼子,我们只能采取前重后轻的武器兵力配置,集中优势兵力,攻打济南来的这帮鬼子,这样一来,你这边的压力就大了。对此你是什么意见?"

刘勇说完后,回过身来背对地图,用征询的目光望着武光禄。

武排长听着大队长刘勇的一番部署讲解,思索了片刻,挺直了腰板说道:"大队长,你放心,我坚决执行命令!不过,我有一个小小的要求,不知你能不能答应?"

刘勇略带欣慰地对一排长说道:"你说吧,不管有什么想法和困难尽管说出来!"

武光禄直接坦率地说道:"大队长,我希望能把警卫班长齐大祥调给我,让他当我的助手。齐大祥在战场上应变能力很强,枪也打得准,是一个非常好的帮手,我信得过他!"

武光禄一口气说完,用期待的目光望着大队长刘勇。

刘勇听后一顿,思索了片刻,转身从方桌上的水壶里倒了一杯水递给武光禄,痛快地说道:"好,就这么定了,让齐大祥去给你当参谋,这次的阻击任务确实非常艰巨,但绝不能失利!希望你俩好好配合,打好这次阻击战,绝不能让野田越过枣树沟阵地半步!"

武排长的要求得到了大队长的答复,他信心十足地举手敬礼道:"是!大队长,你放心,完不成任务我决不回来见你,死也要死在阵地上!"

"唉!"刘勇上前轻抚一排长武光禄的肩膀,加重语气说,"那可不行,我要你既完成任务,又安安全全地回来,我还等着这次战斗结束后,咱们好好地喝一杯呢!"

武光禄笑嘻嘻地转身离开了大队部,回到排里着手排兵布阵,做出兵迎击小鬼子的准备。

县大队连续打了多次胜仗,获得了一些战利品,武器装备得到了一定程度的补充改善,但是,战士们对于缴获的鬼子的尖头子弹都稀罕得很,舍不得用,作战中使用的子弹大部分还是边区土造的。这些土造的子弹经过汗水浸泡,时间一长,表面起了碱,导致有的子弹打出去不走抛物线,而是翻着跟头往前蹿,出膛后还发出嗡嗡的怪响。这种被汗水浸泡的子弹虽然误差很大,命中率还低,但是,因为这种子弹它含有碱,毒性很大,一旦被这种子弹击中,伤口会感染溃烂,很难愈合,让人痛不欲生。有经验的鬼子一听到那种嗡嗡声,都紧张得趴在地上不敢动弹。这对鬼子而言,是一场生不如死的梦魇。有的鬼子被这种子弹射伤后,惊恐万分,为免遭罪,甚至直接选择自杀了结性命。

一切准备停当，大队长刘勇带着队伍一路急行军，来到了事先侦察好的地点，悄悄地进入伏击阵地，借着灌木丛的掩护埋伏了下来。战士们隐蔽的动静虽然小，但是身体与草木摩擦还是发出了窸窣声，惊扰了在杂草丛中安窝的几只野兔，它们一溜烟地向远处窜去，扬起一阵尘土。

等队伍各就各位安静下来后，大队长刘勇对班、排干部严格重申了战场纪律，命令道："各班调整好新老战士的搭配，没有命令，绝对不准开枪！"同时安排了机枪射击位置和投弹组还击敌人的路径。

夜里，天上的流云轻轻地飘过，星星不停地眨着狡黠的眼睛，默默注视着匍匐在阵地里的战士们，似乎在问伏在阵地里的战士们："你们也来了？"一些不知名的草虫又开始聒噪起来，仿佛也在向鬼子叫板。猫头鹰像哨兵一样，圆睁双眼，立在树枝上，盯着这突然开进来的队伍，咕咕地叫着，然后又拍打着翅膀扑棱棱地飞出了林子，一下子驱走了正在利用战前空隙闭眼养神的战士们的睡意。时间一分一秒地流逝着，卧在松软的沙土地里，太容易让人昏昏欲睡，有的战士在身边的野草丛里认出了一种草本植物，茅根，便随手揪起放在嘴里咀嚼以保持头脑清醒。天渐渐泛出了鱼肚白，大家撑过了难熬的凌晨，很快迎来了黎明。

在二排三班的伏击阵地上，两个战士在悄悄地议论着。一个战士问道："你说昨天晚上我这左眼皮不停地跳，是啥原因啊？"

旁边的战士笑着回道:"听人家说男左女右,左眼跳财,右眼跳灾。不过,你这眼皮上下一跳,肯定是不困了。"

两人正议论着意图驱散瞌睡。远处隐隐约约传来了汽车马达声,大家顿时打起了精神,睁大了双眼,紧盯着前方黄河大堤上的沙土公路。声音由远到近,已能清楚地看见两辆卡车一前一后,前边的车载的是弹药箱和被服,后边的车上有二三十个全副武装的鬼子。一个鬼子抱着一挺架在车顶的歪把子机枪,正不停地往路边的树丛里张望,钢盔两侧的屁帘布一起一落地在他耳边翻飞。据说这两块布的作用,是为了防止炮弹炸响后耳膜受到冲击。

车慢慢接近了县大队的埋伏地,双方距离还有七八十米远时,大队长刘勇果断地命令道:"长才,把车顶的鬼子机枪手干掉!"

"好嘞!"话音未落,一班长刘长才端起三八大盖,"砰"的一声,就把鬼子机枪手的脑袋打得歪在了一边。

随着这一声枪响,埋伏在阵地里的战士们举着枪如爆豆般开了火,"砰砰啪啪……"前面那辆满载着物资的车被打瘪了胎,歪在路边。后面车上的鬼子纷纷跳下车来,以车为掩体还击。一挺歪把子机枪扫得阵地前沿尘土飞扬,枝叶纷纷落下,让人难辨目标。

二排战士赵大栓才打了两枪就卡壳了,急得他借着尘土掩护,起身跑了几步,噌噌爬上了一棵柳树。二排长见状着急地吼道:"大栓你干什么去,快下来!"

赵大栓回道:"排长,我枪卡壳了,折根柳条把弹壳拽出来。"

战士们用的是老旧的套筒枪,俗名湖北条子,时间久了,很容易卡壳,折根柳条插入枪栓膛内,利用热胀冷缩的原理,顺势一拽,能将弹壳拉出来。

大队长刘勇眼见战场出现僵持局面,忙下令投弹小组利用荆棘丛的掩护,进行攻击。

一阵铺天盖地的密集的手榴弹爆炸声轰隆隆响起,直炸得鬼子鬼哭狼嚎、哇哇乱叫,机枪也"哑巴"了。鬼子的机枪手和送弹员,一个被手榴弹炸得大腿皮肉外翻;另一个被炸伤了眼,一条胳膊也断了,仰面躺在地上捂着脸,在沙土路上抽搐。

趁此机会,刘勇一声令下:"上刺刀,冲啊!"

随着一声大吼,战士们纷纷跃出掩体、钻出荆棘林,如猛虎下山般端着明晃晃的刺刀,三步并作两步就冲到了鬼子面前。这时,刘勇又拍了拍急得嗷嗷叫的黑虎的头,手指前方,命令道:"黑虎,上!"

黑虎听到指令,如离弦之箭勇猛地冲了上去,咬住一个鬼子的领子疯狂地撕咬起来,直吓得那鬼子慌不择路地躲闪,竟自己把自己绊倒在地,啃了满嘴的沙土。黑虎又趁机扑上去,按住鬼子的胸口,一顿乱咬,直咬得那鬼子满脸血污,浑身瑟瑟发抖。趁此机会,一个战士上前,一刺刀结果了鬼子的性命。

眼见八路军人多势众,又有黑虎助阵,剩下的鬼子个个惊慌失措,但仍在垂死挣扎,硬着头皮摆出一副决一死战的架势。

八路军战士们三个一组、五个一伙地围住剩余的鬼子，高声叫道："缴枪不杀！缴枪不杀！"鬼子哪里听得懂这个，只听到战士们高声吼叫，不知什么意思，他们端着步枪，扎着马步，疯狂地跳动着，与战士们周旋。见此，班长刘长才一个箭步上前，挑开一个鬼子的枪刺，一刺刀将鬼子挑翻，接着两个战士同时将刺刀捅入鬼子的腹部，只听"嗷"的一声，鬼子翻了白眼。其他鬼子相继被战士们解决了，枪声、吼叫声、喘息声渐渐平息了下来。

一场漂亮的伏击战用了不到三十分钟的时间就结束了。鬼子尸体横七竖八地躺在那里，一摊一摊的血渗透了沙地，将沙土染成了暗红色。大家以胜利者的姿态目睹战场上的这一切，心情格外高兴。

二排战士赵大拴兴奋地冲着大队长刘勇说道："大队长，这回我可以换支三八大盖了吧？"

刘勇不置可否，随即命令道："赶快清扫战场，搬运武器弹药和被服！"

"是！"大栓转身加入打扫战场的人群。

战士们见到车上完好无损的弹药、被服，兴奋得一拥而上，你一箱我一包，一袋烟的工夫就搬运完毕，扛上战利品迅速撤离了战场。两辆汽车由二排长带人丢下了几颗手榴弹，在轰隆轰隆的爆炸声中燃烧了起来。

这边沙窝战场激战正酣时，齐阳城内的日军中队长野田接到了济南指令，命令他火速驰援被八军路攻击的辎重运输队。

接到命令，野田急得如热锅上的蚂蚁，急忙带领据点里的鬼子和伪军出了南城门，向沙窝方向赶去。

当野田带着队伍来到城南二十里铺的枣树沟时，早已在此等候的武光禄一声令下："打！"机枪、步枪刮风似的扫了过去，掷弹筒打出的炮弹"砰砰"地在敌人的队伍里爆炸。这猝不及防的弹雨，打得鬼子和伪军晕头转向。有的伪军干脆掉头回窜，眨眼工夫，就窜出七八里地。剩下的鬼子、伪军趴在没有掩体的路面上，退也不是，进也不是。这突如其来的打击，打得野田一时没有回过神来，待他稍微清醒过来，便挥舞着指挥刀，张牙舞爪地指挥着一挺机枪疯狂地向八路军阵地扫来，密集的火力打得战士们抬不起头来，溅起的沙土形成了尘障，令战士们睁不开眼。

警卫班长齐大祥见状，跟排长武光禄喊道："排长，我们就这样跟鬼子僵持住，缠着他们，多坚持一分钟，大队长那边就多一分胜利的把握。从鬼子还击的举动来看，他们还没摸透咱们的情况，不敢贸然发起冲锋。他们要是冲上来，我们就跟他们拼刺刀！"

武光禄也点了点头，说道："对！决不能让小鬼子冲过咱们的阵地！"

话音刚落，一发炮弹飞了过来，"咣"的一声，将阵地前一棵手臂粗的榆树拦腰截断，树干倒下，反成了战士们临时可用的遮掩物。利用树干的掩护，一名战士机智地打着冷枪。

双方还在僵持时，县大队通讯员骑着一匹快马飞驰而来，见到排长武光禄后,还没来得及下马,就口头传达了命令:"一排长,大队长命令你们马上撤出战场,向小王庄方向转移!"说完,掉转马头,飞驰而去。

接到撤退命令,武光禄命令全体战士交替掩护,顺着封锁沟神不知鬼不觉地撤离了战场。

这边的野田见对面突然没了枪声,安静了下来,弄不清八路军又在耍什么花招,便逼着鬼子和伪军往前冲。待他们猫着腰壮着胆子冲上来,一看眼前的情况,傻了眼,刚才还在啪啪打枪的八路军,一转眼工夫就没了踪影。气得他恼羞成怒,挥起指挥刀,一刀将半截榆树干又砍下了一段,气急败坏地指挥队伍向沙窝奔去。

当野田带领人员赶到沙窝后,这里的惨象更是把他惊呆了。只见横七竖八的鬼子尸体躺了一地,远处是还在冒着黑烟的被烧毁的汽车残骸,淡黄色的沙土地上,这里一摊、那里一摊都已被渗透的血迹染成了黑紫色。面对眼前的混乱败局,野田面目狰狞,一阵眩晕,他晃了几晃,连忙将指挥刀杵在地上,才算稳住了身子。他茫然地盯着一处,半天才慢悠悠地转过身来,粗粗地喘了一口气,无可奈何地指挥着部下收拾残局。

血战坡杨家

沙窝伏击战，县大队以三人牺牲、六人负伤的代价消灭了二十多个鬼子，还缴获了一部分武器、弹药和被服。大家高兴地扛着战利品返回驻地，一个个神采飞扬，连连叫嚷道："痛快啊！真痛快！这一仗打得是太痛快了！"

二排战士赵大栓情不自禁地拉开架势唱起了京剧《定军山》：

我主爷帐中把令传，将士纷纷取东川。
恼恨军师见识浅，他道我胜不了那夏侯渊。
张邰被某吓破了胆，卸甲丢盔走荒山。
坐立雕鞍将令传，大小儿郎听根源。
向前个个的功劳显，退后的人头挂高杆。
大吼一声催前站，十日之内取东川。

唱完后，他先来了一个大鹏展翅，然后又右手扬起手掌上翻，左手做下压状，犹如戏台上的老生，直逗得大家哈哈大笑。整个队伍里充满了喜庆的氛围！

大队部院子里整齐码放的二十多杆三八大盖枪，让爱枪如命的战士们个个欣喜不已。赵大栓更是一趟一趟地找借口往大队部院子里跑，仔细地端详着一杆杆枪，情不自禁地摸摸这杆、瞅瞅那杆，一遍一遍的就是看不够。

县大队副教导员孙义仁因枪伤复发回分区养伤，刚刚接任的教导员鲁彬看赵大栓进了大队部的院子里围着排得整齐的三八大盖枪不停地转悠，便凑上前去，笑眯眯地问道："大栓哪，看什么呢？"

"没，没什么！"大柱支支吾吾地回着教导员的话，脸上带着不好意思的表情，眼睛却离不开那排枪。

鲁彬知道大栓的想法，却佯装不知地说道："没什么，你一趟一趟地往大队部跑干什么？恐怕还是有什么心事吧？"

赵大栓这才不好意思地笑了，说道："这枪真好！"

鲁彬随即说道："武器是咱们战士的第二生命，我们每个人都喜欢它，拥有一杆好枪，就拥有了打鬼子的力量！"

大栓听了，点了点头，"嗯"了一声，说道："教导员，你这话可说到我心坎里了，我做梦都想有一支三八大盖枪，用它打鬼子，多给劲呀！"

鲁彬见大栓终于不加掩饰地道出了心里话，便安慰道："大栓，你先回去吧，我相信你早晚也会拥有一支这样的好枪的。"

大栓听了教导员的话，点了点头，恋恋不舍地离开了大队部。

鲁彬送走了赵大栓，回到屋里，和大队长刘勇商量缴获的这批武器弹药的分配方案。县里通讯员送来了上级的指示信，信中祝贺县大队在沙窝战斗中取得胜利，表扬了县大队指挥员的足智多谋、指挥有方和战士们英勇顽强的战斗意志。同时提到，为了改善各区小队的武器装备，提高全面打击敌人的战斗力水平，县大队缴获的鬼子的枪支弹药需上交三八大盖枪二十支、子弹五箱，速派人送到县上。接到指示，刘勇与鲁彬一商量，即刻派三排长带上一个班，套好马车，清点了武器弹药装车出发。

晚上，县里接到这批武器弹药后，将回执装入封好的纸袋里由三排长带回，交给了刘勇。刘勇打开信一看，回执上明确写道："收到县大队三八大盖枪十八支、汉阳造两支。"刘勇不禁火冲脑门，立即叫来三排长，把回执往桌子上一拍，质问道："这是怎么回事？县里让我们上交二十支三八大盖枪，你怎么只交了十八支，用两支汉阳造充数，你搞什么名堂？"

三排长看大队长发了火，自知上午耍的小聪明被戳穿，便涨红着脸，连忙解释道："大队长，我是真舍不得把那么好的枪都交上去。我们排这次战斗，还牺牲了两名战士，这些枪是我们排战士用命换来的，为什么上交那么多？"三排长辩解道："我是想多留一支是一支。"

刘勇一听气得火冒三丈，厉声喝道："你简直是胡闹！完全是自由主义在你脑子里作怪！这样无组织、无纪律怎么能带好兵？"

教导员鲁彬也上前拍着三排长的肩膀说道："同志呀，我们八路军的三大纪律你是知道的吧？你给我背一背三大纪律第一条。"

三排长低着头，拘束地背道："一切行动听指挥。"

"好！"鲁彬又鼓励道，"那第三条呢？"

"一切缴获要归公！"三排长继续背道。

"这就对了嘛，"鲁彬说道，"你明明知道我们八路军的纪律，为什么一遇到具体事情，行动上就不执行呢？这就说明，你在执行纪律方面不坚定。"

鲁彬又凑上前和蔼地说道："我们打鬼子要做到坚定、勇敢！我们执行纪律也应该坚定、果断，在执行组织命令时，内心绝不能藏着小九九，对待组织，绝不能说一套、做一套，绝不能阳奉阴违，那不是我们共产党员的作风！"

鲁彬继续说道："县里调用我们缴获的武器，那是站在全县角度看问题的，我们可不能站在本位主义立场上处理问题，那样，我们当干部的是要犯错误的。何况，县里并没有让把这批武器全部上交吧？你说是吧？"

经过大队长的批评和教导员的教育，三排长意识到自己违犯了纪律，连连道："大队长，教导员，我错了！我接受大队长、教导员对我的批评教育，请你们放心，今后我再也不会犯这样的错误了！"

"错了就改！"刘勇怒气未消地说道，"你现在立刻骑上我的马，把那两支汉阳造给我替换回来，快去快回！"

"是！"三排长敬礼后，转身快步跑出了大队部。

济南的日军警备总部大佐松本得知前往齐阳县城运送补给

的人全部丧命，一整车的物资也被八路军缴获，损失惨重，气得脸色铁青，不停地围着办公桌转圈。他手下的人员个个垂头站着不敢吭声，唯恐说错一句引祸上身。齐阳城内的日军中队长野田内心也是惴惴不安，手不停地摸起电话又放下。正在野田不知如何是好时，电话铃声响起，惊醒了还在忐忑不安的野田。他快速抄起电话，一个十分冷静的声音对他说道："野田君，此次我大日本皇军遭到土八路袭击，损失巨大，实属意外！为重振皇军雄威，将玉碎将士尸体处理完毕后，立刻赴济南参加作战会议！"

"嗨，嗨！"野田哈腰答应着，对方旋即挂断了电话。

阴云笼罩着齐鲁大地，厚厚的云层由南向北慢慢袭来，暴风雨即将来临。一场阴谋正在悄悄地酝酿。

近日，县大队跟随县政府机关在石垛乡一带活动。县长正与刘勇等人研究近段时间鬼子汉奸的活动规律和打击办法时，情报员跑来报告，索庙子一带发现有汉奸模样的人在活动，他们不仅闯入坡杨家村明目张胆地抢百姓家的猪羊，有的还四处抓鸡，撵得鸡拍打着翅膀咕咕叫着到处乱飞。

"这还了得！必须狠狠教训一下这帮汉奸，不能让他们这样为非作歹，欺压百姓。"县长王其元说道，"你们县大队立即组织兵力，去消灭这帮汉奸！"

"是！"大队长刘勇领受任务后，即刻率部队一路急行军赶到坡杨家附近。由于行动突然，部队行动过程中未加隐蔽，目标暴露，导致部队的一举一动都在敌人的监控之中。眼见八路军队伍赶了过来,敌人按计划驱赶着村里的老百姓慢慢靠近。这一反常举动,说明敌人是有备而来,见到八路军队伍他们非但不撤退,反而有恃无恐地迎了上来,这里有问题!刘勇感觉不对劲,立即警觉起来,他让县长带领机关人员赶快撤退,自己则部署兵力做好了战斗准备。

据史料记载:一九四五年三月,县长王其元带领县大队四、五小队,驻五区东西瓦屋头村。十五日清晨听群众来报信说,索庙附近有百十个伪军活动,便认为这股敌人没什么战斗力,一击即溃。部队连饭都没顾上吃,就急忙集合出发,从邢家过徒骇河,一路急行军向坡杨家行进。由于没有采取伪装隐蔽措施,人员装备及行动路线均被敌人从望远镜里看得一清二楚。上午十点左右,化装成老百姓的日军(日军驻济南的特务机关"泺源公馆"所属的臂戴三角标志的三角部队)驱赶着从索庙出来的群众往西涌来。王其元将指挥所设在坡杨家的一条胡同口上,双方接上火后,看到敌人打来的炮弹十分准确,他这才知道这不是伪军而是一伙作战经验丰富且又装备精良的日军。情况紧急,他急忙命令部队边打边撤,掩护县政府机关转移。

坡杨家位于索庙西不足两公里处,是一个只有不到二百户人家的村子,村西有片枣树林和一条通往田家屯的交通沟。四小队被敌人的火力逼到一个干涸的湾里,日军占据了村外的一片小松林,掷弹筒不断向湾里打来,导致不少同志当场牺牲。小队长刘传尧立即组织部队冲出了湾坑,撤到村里继续阻击敌人。他们以房屋院墙作掩护,与日寇展开了激烈的枪战。炮声隆隆、硝烟弥漫，在凶恶的日寇面前，战士们没有一个退缩。战士李尚海一连打死四个鬼子，子弹打光了，他置生死于度外，仍坚守阵地不退，隐蔽在一堵矮墙后面。他怒瞪双眼，手里紧攥两颗手榴弹，等敌人靠近后，果断地将手榴弹扔向敌人，"轰隆隆"两声巨响，直炸得鬼子哇拉乱叫。小队长刘传尧脱掉身上的大衣，摘掉帽子，抓起一挺机枪向敌人猛扫，使鬼子的气焰有所收敛。

五小队打得更艰苦，八十名战士在村东北角被敌人压在一个场院的土墙下边，炮弹不断在他们身后爆炸，许多同志伤亡。日军凭借装备优势，不断冲到县大队的阵地前沿，五小队的战士与敌人展开了肉搏战。敌人的几次冲锋都被打了回去。由于伤亡较大，五小队队长命令部队撤到村里与四小队一起参加巷战。

中午，县政府机关安全转移后，由四小队一班掩护，部队沿村西边的交通沟迅速撤出坡杨家。

四小队一班的十一名战士在班长刘长才的带领下，勇敢地阻击敌人。战士们一个个倒下，子弹也打光了，全班只剩下刘长才、孙风华和一个机枪手。刘长才见大队已安全转移，便带领两个战士翻过一家院墙，往西突围。在突围中，机枪手被冷枪打中躺在血泊里。这时，敌人见一班人员所剩无几，哇哇叫着要捉活的。刘长才急忙返身抓起机枪朝敌人一阵扫射，冲在前面的敌人被打倒几个。趁敌人慌乱之时，刘长才、孙风华二人越过村西的枣树林，跳出交通沟，突出敌人的包围。

坡杨家这场恶战,是县大队组建以来,损失最严重的一次。共伤亡五十余人,损失机枪两挺、长短枪三十余支、掷弹筒两门。

部队撤离战场稳定下来后,在刘万陀稍事休整,旋即到了后楼村住下。

一个村妇模样打扮的人,身着花袄、头裹毛巾,右手挎一竹篮,急匆匆赶来。进村问路后,她直冲大队部而来,与正待出门的刘勇打了个照面。见到刘勇的瞬间,村妇眼泪夺眶而出,一颗悬着的心总算落了地,她哽咽地说道:"刘勇哥,你没有事呀?有人说前天那一仗你们死了很多人,说你也牺牲了。"

"瞎胡传嘞!我这不是好好的吗?快进屋来!"

屋内人见状,都纷纷退了出来,有人做着鬼脸,吐着舌头说道:"大队长真有福气,未来的嫂子真漂亮,像仙女一样!"

王慧萍进屋后,就不错眼珠地盯着刘勇,生怕看错了人似的。她平复了一下心情,当确认站在自己面前的真真切切是连日来揪得她心痛的人后,她再也无法掩饰自己的精神压力,双手捂着脸,彻底释放着无法诉说的苦楚,任由眼泪尽情地流淌着。

刘勇摘下挂在墙上的毛巾,心疼地为其擦拭眼泪,宽慰道:"没事的,你放心!我哪那么容易死啊?想打死我的子弹还没造出来呢!想要我的命,小鬼子那是白日做梦!"然后简单地讲述了坡杨家这场战斗的经过,补充道:"虽然我们有一些战士伤亡,但是,小鬼子也付出了不小的代价。你看我们的战士们多

么勇敢，子弹打光了，就跟鬼子拼刺刀，没有一个孬种。在非常被动的情况下，还能转危为安，使得小鬼子扬言要彻底消灭八路军的野心没有达到！"

如释重负的王慧萍此时已平静了下来，讲述了自己听到的传言和这次寻找县大队的经过。

"嚯！他们说的我也是不得不信，说你在西边村头和鬼子顶着，子弹都打完了，抄起一杆大枪跟一个鬼子拼刺刀，拼着拼着，又上来两个鬼子，有一个在你后边攮了一刀！"慧萍说到这里，说不下去了，又捂着脸抽泣起来，顿了顿，又继续说，"他们还说，后来去了几个人把你抬回来时，你满身是血，已经看不清模样了。"慧萍断断续续地把人们误传的消息复述给刘勇，就再也说不下去了，待了好大一阵才平复了心情，恢复了常态。

刘勇趁机问慧萍："你是怎么找到这里来的？"

慧萍说道："我从卫生所出来，一路上过了七八个村子，绕过了几个岗楼，全是通过村里的堡垒户帮助才打听到你们转移到这里。一路上就是过大陈庄那个卡子遇到点麻烦。"

刘勇问道："什么麻烦？"

慧萍说道："卡子上有两个伪军盘查路人，有个年轻点的伪军对过卡子的人查得可严了，还说最近上边有令，凡过路的人，都得有二证（良民证、村维持会证明），否则一律不准通过。我因为来得急，没有开村维持会证明，他就是不让过，还凶狠地威胁道：'查出有八路的嫌疑，是要杀头的！'"

刘勇接着说道:"那个岗楼我知道,我曾经带人警告过他们,里边有个班长被我们争取过来了!"

"哦,是这样啊!怪不得后来那个老一点的伪军过来打马虎眼劝他说:'算了,那么认真干吗呀?人家一个小媳妇,有啥可怀疑的?无非就是去走娘家。走吧,走吧!'就这样,我才过了卡子。"

刘勇接过话道:"哦!那么你遇上的可能就是我们争取过来的那个班长!你回去时,可要注意。坡杨家这一仗,我们虽然损失不小,但小鬼子也被我们打死了不少,他们恼火得很,各据点岗楼现在都盘查得比较严,路上你一定要小心!"

慧萍应道:"嗯!"又说道:"来前虽然走了不少路,也没感觉自己有多累,恨不得马上见到你。今儿个见到你了,我就放心了,吃完饭我就走。卫生所工作也很忙,容不得我久留。"

刘勇听罢点了点头说道:"你一个人回去,路上我不放心,现在周边的土匪打家劫舍的,很猖狂,白天走大路还好一点,晚上就很危险,我派两个人送你吧!"

慧萍摇了摇头说道:"不用了,我能走着来,就能走着回去,你不用记挂着我!走快一点,我一个半天就到了。"

刘勇听罢,转身进了里屋,从抽屉里取出一把撸子手枪,顺手递给了王慧萍,说道:"有了这个,关键时刻可以防身,但是,有枪在身,回去时要小心,要尽量避开敌人的哨卡。大陈庄那个卡子你是避不开的,所以,我让大祥送你到大陈庄那个卡子,让他跟那个伪军班长交涉,送你过了卡子,他就回来，后边你回去的路也就安全了，你看行吧？"

王慧萍听后，应道："哎！你们队伍随时都要转移，为了我，还要抽出个人来送我，那怎么行呢？"

刘勇不容置疑地回道："这也是为了安全，不要争了，就这样吧！"

"那好吧！"王慧萍边应着，边顺手接过了刘勇递过来的手枪，"这枪咋用啊？"

刘勇拿起手枪给她示范道："你右手攥枪，左手扣住枪管上沿轻拉一下，就顶上火了，扣动扳机，子弹就出膛了。"

慧萍掌握了射击要领后，顺手将手枪塞入竹篮中，接着说了说家中老人的情况，又叮嘱了刘勇一番。午饭过后，王慧萍在齐大祥的陪同下，离开了县大队驻地。顺利地过了盘查严密的大陈庄哨卡后，王慧萍心里踏实了，浑身也感觉有了劲，一路脚下生风，很快就回到了分区卫生所。

坡杨家一仗，虽经县大队全体将士奋力拼杀，县政府机关及大部分人员脱离了险境，但是，也造成了人员、武器的重大损失。主要原因还是麻痹轻敌，这给他们的教训极为深刻。

几天后，阵亡战士的尸体被拉了回来，一个个状态惨不忍睹。县长王其元看到这种情况，悲痛万分，他紧紧地拉住刘勇的手，泪流满面，说不出话来，深深地为这些战士的牺牲感到内疚……

激战大王庄

经过七年多的奋力抗争，冀鲁边区的军民给了日本鬼子沉重地打击，同时，在这种残酷的环境里边区军民也学会了很多生存、斗争的本领，他们的斗争意志是愈挫愈坚。鬼子的败象也越发彰显出来，为了挽回颓势，他们也在疯狂地反扑，做垂死前的挣扎。近段时间，各据点之间互相勾连，接二连三地进行疯狂扫荡，导致县大队活动十分困难，几乎每天都有战斗发生。尤其是近来鬼子的"三角部队"，愈加阴险毒辣、诡计多端。他们经常三三两两化装成老百姓混入难民中间，或是装扮成小商小贩四处打探八路军的行踪和县区政府机关的所在地，发现目标，即用携带的先进通信设备呼叫扫荡队伍或据点里的鬼子进行围剿，屡屡得手。近一段时间内，就使得共产党损失了几名县区领导干部。这种游击对游击的小规模战法，给县大队和县区领导机关的活动制造了很大的麻烦。

就在上个月，五区区长带着一名警卫员去县里开会，在返回的途中，两人走得口渴，便在小陈庄庄头的茶铺里寻了个座，想喝杯茶再走。在这个简陋的路边草棚里，有两个农民打扮的人正坐在桌边喝茶，区长并未留意他们的眼珠子滴溜溜地盯着他。警卫员进屋子招呼店主给冲了一壶茶,放到区长面前,招呼着区长喝茶。这一个不经意的举动,让那两个人觉得此人不一般,肯定有来头,绝不是普通人。二人便凑上前来,用一口流利的汉语打招呼,询问道:"老乡,再往前走是什么村子?"

区长抬头一看,见两人白白净净的,脸上挂着一丝略显不自然的微笑,似乎笑容背后隐藏着什么不可告人的秘密,心里便犯了嘀咕:"早不问,晚不问,我们一进来就问路。在这里喝茶,问问店主不就明白了吗?还用得着没话找话和我们套近乎吗?这里面必有蹊跷。"

陌生男人继续追问道:"老乡,你们这是往哪里去呀?"

区长顿时感觉一股寒气直冲后背!萍水相逢,问话怎么如此直接大胆?而且听他们的口音也不像纯正的本地方言。这里面一定有问题。区长反问道:"你们这是到哪儿去呀?"

陌生人支吾道:"哦,这不快到年根了,俺们准备去县城办点年货,走累了,在这里歇个脚。"他又问道:"你们也是去县城?"

区长回道:"啊,是,去县城找人办点事。"

陌生人一听,便又热情地说道:"那俺们跟你们一起走吧,正好你们道儿熟。"

区长一听这话,心想这两人要是缠上了,不好摆脱,便说道:"不用了,我们还要到小刘庄去办点事,也不知这事办得顺不顺利,完事后我们再去县城。"

陌生男一听,自觉再这样缠磨下去也是没趣,便极不情愿地抬起屁股回到自己的茶桌去。就在这人抬屁股往回走的一瞬间，区长发现了端倪。但凡受过严格训练的人，起身后的走姿都是标准的先后转再前行，而没有受过训练的人，都是点头哈腰很随意的样子。眼前这两人可不像是庄户人，也不像是生意人，极有可能是鬼子三角部队的便衣特务。区长便向警卫员使了个眼色，示意早点摆脱他们。警卫员心领神会，在斜视对面桌上两个陌生人的同时，招呼店主道："掌柜的，茶钱！"他右手顺势放入怀中。对面桌上的两个陌生男子以为警卫员欲掏枪，突然起身掏出枪来，警卫员见状也拔出枪来，双方近距离一阵对射。警卫员打倒对方一人后，自己也倒在了血泊中，区长身负重伤后牺牲。事后证实，这就是鬼子三角部队的便衣特务干的。

鬼子为了掌控治安管控区范围内的人员流动情况，几乎在七八个村的范围内就设置一个据点，妄图给八路军造成寸步难行的局面。在控制区范围内，他们一旦发现情况，各岗楼就封锁路口，鬼子的摩托部队和骑兵部队即刻倾巢出动追击妄图彻底消灭八路军。

面对鬼子的伎俩，大队长刘勇带领县大队采用机动灵活、长途奔袭、打了就走的战法，瞅准小股敌人坚决予以消灭，给了敌人沉重打击。

为了防止敌人偷袭，县大队近日每到一地宿营，必先由侦察班派出人员，提前半天化装行动，带上短枪，去宿营地点侦察附近的情况，然后队伍再行动。宿营地经常会临时变换，一个晚上在两地宿营是常有的事。

今天的宿营地选在大王庄。

大王庄位于齐阳县城以北、仁风镇以南，距离仁风据点二十多公里。之所以选择在大王庄宿营，主要考虑到该村群众基础较好，新建立的基层抗日组织也很牢靠，再就是该村有很多抗属家庭，县大队有几名战士就是来自该村。确定在大王庄宿营后，县大队照例要派出侦察员先行一步，重点摸清楚大王庄十几公里范围内的情况和岗楼里敌人的动静。

晚上八点左右，派出的几名侦察员陆陆续续地回来了，都报告说没有发现鬼子活动的迹象，岗楼情况都无异常。刘勇听完汇报后，命令部队出发，赶往大王庄宿营地。

夜里，队伍整齐地出了村子，沿着乡间小路快速前行，只能听到队伍发出的刷刷的脚步声。虽然天气渐渐转冷，但是队伍走得急，不到半个小时，人人后背都感觉汗涔涔的，衣服贴在背上，被冷风一吹，感觉有了凉意。

因为队伍走的都是村外的小路，并未遇见行人，偶尔能听到一两声狗吠，也都来自远处村里，根本没有人理会。

黑虎走在队伍最前列，不时停下来竖起耳朵，两眼注视着前方观察情况。队伍距离大王庄还有二三里地时，走在前面的黑虎猛然间转了回来，摇着尾巴，哼哼着提醒刘勇前方有人。

不一会儿，一群逃难的老百姓携儿带女与队伍擦肩而过，双方都未止住脚步，仿佛毫不相干的陌生人，没有任何反应，继续各走各的路。殊不知，这群人里，一双贼溜溜的眼睛已盯上了这支队伍。

队伍又走了半个小时便拐入了大王庄,放了岗哨,安静地休息了,疲劳的战士们一个个沾上枕头就进入了梦乡。

夜里十二点,刚刚检查完哨位的一排长武光禄正准备返回休息时,猛然间听到远方有摩托车"突突突"的声音。可能是鬼子的摩托队!他马上返回哨位,提醒哨兵注意村南方向的动静,同时,自己快步跑回队部报告情况。

大队长刘勇刚刚躺下,一听说有情况旋即翻身下炕,抄起衣服穿上,提着驳壳枪就冲出了房间,他回头叮嘱了一句:"一排长赶快集合队伍向北转移。"

说话间,村南头已是枪声大作。村南不仅有鬼子的摩托化快速部队赶来,骑兵部队也冲了过来,很快就将村子围了个水泄不通。

面对这般险境,刘勇当即命令刚刚集合起来的队伍分散开,占据村内有利地形,与敌人展开巷战。

警卫班长齐大祥瞪着两眼紧紧地护着刘勇,生怕大队长在这紧要关头有一丝闪失。

日军指挥官挥舞着指挥刀凶神恶煞地叫嚣着,命令小鬼子冲进村来。一时间,村内狗吠声、炮弹爆炸声、枪声爆豆般响了起来,村内村外一片混战。

冲进村内的鬼子与八路军战士展开了逐屋逐巷的争斗。战士们一个个都红着眼咬着牙。

一排长武光禄想起自己的父亲和弟弟妹妹惨死在鬼子的屠

刀下，更激起了他对鬼子的仇恨。他打死了一个冲进院子的鬼子后，捡起鬼子的三八大盖，把驳壳枪往腰间一别，端着枪待在门后，等鬼子再冲进来就拼刺刀。

一排战士谢大宝见排长端着有刺刀的三八大盖守在院子门后，脚下还踩着个鬼子，便也冲出屋来对着排长说道："排长你进屋，我守在这里，保证鬼子进不来！"

话音刚落，一颗甜瓜手雷冒着烟滚进了院子里。

"卧倒！"武排长一把按倒了谢大宝，同时自己也趴在了谢大宝身上，"轰隆"一声巨响，震起了满院子的烟尘。

武排长起身后，抖了抖落在身上的尘土，悄悄地跟谢大宝说道："通知屋里的人，我们先从后墙翻出去，不要在一间屋里久留。咱们跟鬼子捉迷藏，瞅准了敌人再打！"

谢大宝得令，转身进屋，传达了排长的命令，然后带着屋内人员跟随排长翻过后墙转入另一个院子。

刘勇在仔细观察了村内的情况后，听枪声密集的方向在村南，判断这是三排正在村南跟鬼子拼杀，便带着齐大祥的警卫班战士沿着墙根冲向村南。随后二排的部分战士也跟了上来。

齐大祥提醒道："大队长，村南枪声密集，恐怕不好突围吧？"

刘勇说道："你马上派人通知一排长，让他带领村内的所有人员从村南突围。别看现在那里枪声密集，实际上，小鬼子他们早就在村东、村西和村北等着我们呢，切不可往这几个方向突围。"

"是！"齐大祥说完转身叫了一名战士，"赶快通知武排长，让他带领大家往南突围。"他自己也和其他人员紧跟着大队长向南冲去。

鬼子发现村南有一部分人突出了包围圈，便令骑兵围着村子不停地转圈，发现有人即穷追不舍。有几名战士刚出村口，就被鬼子骑兵追上，砍死在马下。

村内的一排战士在排长的带领下，与一股冲入村内的鬼子顽强地拼杀着。

鬼子进村后，发现哪里有八路军的枪声，就集中火力发疯般地猛烈扫射，接近目标时，就投掷手雷，然后端着刺刀逐屋搜查。

一排的战士们占据着村东头的几间房屋，凭险据守。敌人攻击开始后，就从村南散开，分别绕到村东、村西和村北包围了村子。

村东是敌人攻击的重点目标。虽然鬼子的火力猛烈，炮弹不时地在院子里爆炸，但大家没有一个畏惧的。一个个都瞪着双眼，随时准备和冲进院子的鬼子拼刺刀。

一排长利用鬼子射击的间隙，带领两名身上挂满手榴弹的战士，利用黑夜的掩护，攀上了房顶。他观察到三四十米外，一挺机枪正喷着火舌疯狂地扫射着，他立即要过两颗手榴弹，憋足了力气，一甩手投向敌人机枪射击的位置，只听"轰隆轰隆"两声爆炸，鬼子的机枪哑火了。接着他又回头命令两名战士在房顶注意观察敌人的火力点，发现后就用手榴弹消灭他们。

然后，他跳下房顶，组织战士们突围去了。

一排长武光禄带领战士们瞅准了村西的一处有利位置，不时用冷枪和手榴弹与敌人软磨硬耗，借机寻找突破口。鬼子每占领一处房屋，都必须付出一定的代价。

有三个鬼子端着枪一脚踹开了一所院子的栅栏门，正准备冲进屋搜查时，躲在屋里的刘长才将枪膛内仅剩的一颗子弹打了出去，撂倒了一个鬼子后，他带领战士李树根及赵树和硬生生地迎着鬼子冲出了屋子。

剩下的两个鬼子没有防备，突然见屋里冲出来三个人，先是一惊，继而退出了枪膛里的子弹，几人在院子里拼起了刺刀。

枪刺与枪刺碰撞发出"咯吱咯吱"的搅动声，咬牙切齿的叫骂声充满整个小院，直把农家院子折腾得尘土飞扬。

面对鬼子熟练的拼刺动作，刘长才运用武术中防守的套路，恰到好处地避开了鬼子的进攻，几次都化险为夷。

李树根和赵树和两人对付一个鬼子却显得非常被动。李树根已经被鬼子的刺刀划破了胳膊，鲜血直流，动作也有些力不从心，赵树和也被鬼子逼入墙角。千钧一发之际，李树根勇敢地扑上前去，一把抱住了鬼子的后腰，鬼子用枪托往后一捣，顺势掉转头来，将刺刀扎入李树根腹部。未等鬼子将刺刀拔出，被逼入墙角的赵树和见状，红着眼一个箭步上前，一刺刀捅入小鬼子后腰，扎得小鬼子跪倒在地。鬼子妄想回过身来反抗，赵树和怀揣着对鬼子的仇恨，咬着牙拼尽全力将鬼子捅了个透心凉，还不解恨地骂道："他娘的！我让你再张狂！"鬼子彻底躺在地上咽了气。

血冒着热气从鬼子体内往外涌,令人作呕。刘长才和鬼子拼得难解难分,鬼子一个后撤步正准备突刺时,一脚踩在了刚死的那个鬼子的血上,向后仰了一下。刘长才抓住这个机会顺势上前,一刺刀结果了鬼子的性命,然后抹了把汗,嘴里嘟囔了一句:"他奶奶的!还想跟我斗,看我不整死你!"他招呼着赵树和翻过墙头,转到了另一处院子里。

赵树和临走时,看了看躺在地上的李树根,说:"根子,我和班长先过去,回头再来接你啊!"说完,他擦了把眼泪,翻过了矮墙。

冒着弹雨在村内钻来钻去的警卫班战士终于在一处屋子里找到了一排长武光禄,焦急地报告道:"一排长,大队长命令你们赶快从村南撤出去!"

一排长接到命令,刚说了一句"好!"一阵密集的子弹就向这里袭来,随之,炮弹也砸了过来,在屋前院子里炸开,有几名战士当场牺牲,倒在了地上。鬼子的吼叫声也越逼越近,再这样死守下去,迟早要被鬼子堵在这里吃大亏。一排长见状,大声吼道:"撤!"便带领剩余的战士们冲出屋子,翻过农家小院的后墙,往南冲去。

几处枪声慢慢平息下来,武光禄带着村里的战士们勇敢地冲了出去。虽然冲出村后又遭到了鬼子骑兵的追击,但在夜幕的掩护下,大部分战士还是成功突出了鬼子的包围。

鬼子见被包围的八路军竟然没有被完全消灭,便恼羞成怒地挨家挨户砸门,把已经受到惊吓的老百姓驱赶到村头的打麦场上集中起来。村里鸡飞狗叫,小孩的哭声、村民的叫骂声,把村子搅得乱糟糟的。

村民们集合后,一个日军军官站在村民面前,"哇啦哇啦"了一通后,鬼子翻译官便上前翻译道:"太君说了,他们这次来是专门消灭土八路的,谁家藏了土八路,要赶快交出来,如果不交,通通杀头。太君还说,土八路是打不过大日本皇军的,皇军一来,土八路就全吓跑了,你们也都看到了,所以,你们不要听土八路的宣传,早晚有一天,皇军会把他们抓住,一个个杀头!你们赶快说出来,谁家藏有八路,不说的话,让皇军查出来,全家杀头!"

人群中有正睡着觉就被鬼子赶来打麦场的人,烦躁地瞪着两眼,死盯着说话的鬼子军官,恨不得一口咬死他。有在鬼子刺刀的威逼下,吓得浑身发抖的人,还有的人在低声啜泣。

此时,刚好有一个伪军牵着一头抢来的驴站在圈外,听了翻译官翻译的训话内容,这头驴似乎也受到了惊吓,突然一声高过一声地叫了起来。鬼子指挥官气恼地扒拉开两个持枪的鬼子,夺过了缰绳,将驴牵到众人面前,"咔嚓"一声,手起刀落,他将驴头砍了下来,驴血淌了一地。

鬼子怒气冲冲地叫嚷道:"快快说,不说的……"他用刀指了一下躺在地上的驴,意思是跟驴下场一样。

村维持会会长看到场上气氛越来越紧张,再不出来恐怕又会出人命,那后果不敢想象,便站出来,走到鬼子军官面前先递上证件，然后赔着笑脸说道："太君，我是这村的维持会会长，这个村子，我是管事的。这样吧，太君，这都下半夜了，你先到维持会去喝杯茶，休息休息，我带人挨家搜查，查出八路，马上交给太君，你看怎么样？"

翻译官本就有早点回去睡觉的意思，也连忙附和道："是！太君，天太晚了，土八路打跑了，让会长和警备队带人搜查就行了，你也早点回去休息，免得气坏了身体！"

鬼子军官一听，犹豫了片刻，又冲着众人"哇啦哇啦"地叫嚷了几句。

翻译官一听，连忙翻译道："啊，太君又说了，为了大东亚共存共荣，为了体现大日本皇军的仁爱，他对大家是宽容的，但是，大家要服从皇军的领导，要当顺民，不得与皇军对抗！谁家要私藏八路军，一经发现，统统杀头，现在你们回家，不准出来，等待检查！"翻译官翻译完，便对着鬼子军官哈了下腰，意思是对这些人说明白了。

鬼子军官看了一眼翻译官，余气未消地说了一句："开路！"

区小队长遇险

春风吹拂着鲁西北大地,天气渐渐暖和了起来,地里的麦子长到了一尺多高。麦田埂边冒出的瘦弱的野菊花稀稀落落地开放着,黄的、粉红的,散发着田野的乡土气味。不远处几棵柳树的枝条在微风的吹拂中左摇右摆。战火中残存下来的树木又开始顽强地发着新芽。在艰苦的斗争环境中经受了严酷考验的八路军战士们,都更加成熟起来。为此,组织决定将优秀的同志们充实到各区小队,以增强对敌斗争力量。

一班长刘长才经调整担任了区小队长。上任后他带领区小队战士伏击小股日军、活捉汉奸、痛打伪军、铲除骚扰老百姓的土匪武装,一时间令敌人闻风丧胆。

最近一段时间,群众痛恨的一个名叫李全宝、外号李大癞子的土匪,经常带着一帮喽啰闯入民宅,抢夺老百姓财物,见鸡抓鸡、见猪拖猪,搅得老百姓不得安宁。一些日子好过点的人家见到他,都强装笑脸恭迎他进门,好吃好喝地招待着,临了还得大包小包给他捎带着,生怕怠慢了惹上大祸。群众的这些无奈之举,更助长了李大癞子的嚣张气焰,他曾经口出狂言:"如今这个世道,日本人是天,国民党是地,我李全宝就是老百姓的大总管，谁敢不孝敬我，别想有好日子过！"

李大癞子是齐阳县鲁寨乡人，发迹前只是土匪头子蒋万福手下的一个跟班，鞍前马后地跟着蒋万福混了几年，把蒋万福伺候得挺熨帖。后来蒋万福去了济南谋事，离开了齐阳县城，临走前蒋万福没有亏待李全宝，给了他几个人、几条枪，也算是对李全宝伺候他几年的回报，让他自己闯荡发展。李全宝就仗着这几个人、几条枪，网罗了社会上的一些地痞流氓，逐渐将自己的势力做大了，竟然也发展到了四五十人的规模，对外号称一个大队。

李全宝这人生性刁蛮，六亲不认。听他家乡族人说，他小时候就经常偷鸡摸狗、蹿房越脊不干好事。他到谁家，谁家第二天就准有不见的东西。村里人暗自互相告诫："防水，防火，防李全宝！"谁家见他来了，都赶紧把大门关上，闭门谢客！一提到他，连他亲姨父都直摇头，说："这孩子废了，将来不得了，他能作下大事！"还不屑地说道："看来，那半仙没算错。"

有人好奇地问道："那半仙算出什么了？"

他姨父这才慢条斯理地道出了那年发生的一桩事。

那还是在李全宝十七岁那年，一天，人称"活半仙"的算命先生串乡走村给人看相算命，来到鲁寨乡，迎面碰上这李全宝手里掂着只鸡从外边回来。

李全宝招呼道："算命的，来来来，你给我占一卦，看我今年运气怎么样，算好了，这只鸡就归你了！"

这算命先生支起摊子，问了生辰八字，反复端详了几遍他的面相，眯着眼，掐了拇指掐中指、掐了中指又掐食指地拿捏了一番，嘟嘟囔囔地不知念叨着什么。片刻工夫过后，他突然脸色大变，也不打招呼，扯起摊子便走。

李全宝十分纳闷，追上来骂道："我今年是福是祸你还没给我说明白，收起摊子就窜，你这不是耍我吗？我揍你这个王八玩意儿！"说着，上去扯住算命先生一顿劈头盖脸地暴打。直打得这活半仙左躲右闪，连连告饶道："公子放手，公子放手，我不能说啊！"

两人正在厮打中，李全宝的姨父挑着担子从地里干活回来，一见这阵势扔下担子赶忙上前拉住他俩，对着外甥劝解道："好生说，好生说！别动手！"好半天才把李全宝拽开，劝了几句，让他消了火气。李全宝这才罢手，提起丢在地上的鸡，骂骂咧咧地回了家。

眼见算命先生白白挨了一顿打，李全宝姨父便对算命先生好言劝慰了一番，顺便也好奇地问了一句："你这是因为啥事，让他动那么大肝火，对你拳脚相加的？"

算命先生这才道出了事情的原委："他让我给他算一卦，我批了他的生辰八字，掐指一算，他是命里犯凶，一步一坎。不可跟他透露玄机，又不好对他隐瞒实情，所以，我干脆不说了。没想到惹恼了他，嘻，遭他一顿拳脚！"

李全宝的姨父又追问道："这有什么不好说的？他到底怎么个犯凶法？"

这活半仙见让他算命的李全宝已远去，面前这人面善可信，才大胆地道出了真相，说道："此人六根不净，命里劫数太多，将来混好了枪毙，混不好刀砍！"说完，扛着幡旗，头也不回地出了村子。

李全宝靠着蒋万福的势力成了气候以后，越发嚣张跋扈，不把八路军放在眼里，他曾狂妄放话："八路军就是一帮穷鬼凑合起来的，穷得很，成天吃不上喝不上的。在八路军里一个铜板不发不说，日本人还撵得他们到处乱跑，成不了气候。"还狂妄道："我跟八路军井水不犯河水，但是如果八路军要碍着我的事，我照样让他们四脚朝天！"

近日又有传言，这李大癞子竟然暗中跟据点里的鬼子勾勾搭搭的。李大癞子的想法是，在这方水土上，为了占有一席之地，免不了要与各方势力抗衡，目前自己势力单薄，不如跟日本人联络联络，兴许能捞点军火，壮大自己的势力，何乐而不为呢？他的汉奸相暴露无遗。

这些情况反映到区小队队长刘长才这里，刘长才觉得，任由此人这样张狂，他必将成当地的一大恶势力，后患无穷。刘长才将这一情况报到区里，区里也这样认为，像李全宝这样作恶多端，又与八路军为敌的死硬分子已经是当地的一大祸害，老百姓对他是深恶痛绝，不杀不足以平民愤，必须坚决消灭，决不能再让他残害百姓。

但是，对付李大癞子这样的惯匪也绝不是件轻而易举的事。李大癞子在江湖上混迹多年，异常狡猾，见风使舵的本事当地无人能比,而且,他对付对手的招数也是变化多端。前不久就是因为区小队长刘长才的一次疏忽,让李大癞子侥幸逃脱了。

那是发生在一个月前的事情。

刘长才带领区小队五六个队员,到石垛乡李各庄准备除掉一个引起民愤的汉奸。来到村头,已是半夜时分,天黑漆漆的,伸手不见五指。几人正想摸进村子,就听到有脚步声传来,不一会儿一个人从村子里走出来。

等这人走近时,刘长才大喝一声:"站住,干什么的?举起手来!"话音刚落,区小队几人就持枪围了上去。

对方见人围了上来,马上顺从地将手高高举了起来,还故作紧张的样子,结结巴巴地回道:"老、老总,我、我是良民,良民!"

刘长才追问道:"良民?这大半夜的出村干什么?"

那人回道:"我去邻村舅舅家借头牲口,好往地里运肥。路途远一点,所以,我一早就起了,想早去早回。"

黑夜里,只能看清面部轮廓,见这人没有什么可疑之处,又急着去执行任务,刘长才就把人放了过去。事后得知,此人正是李大癞子!那天,他刚从姘头家鬼混完,正准备回他老巢,不料路上撞上了刘长才他们。狡猾的狐狸有时也能骗过猎人的眼睛!李大癞子被盘问时,虽然高举双手,看上去两手空空,实际上有一条细细的麻绳一头拴在他的大拇指上,一头系着枪把。区小队队员一声断喝围上来时,李大癞子已经没有时间拔枪了,只得乖乖地举起双手,他身上的驳壳枪就顺势滑落到地面被他踩在脚下，等刘长才他们走后，他顺手轻轻一提，驳壳枪又握在了他手中。这一系列瞒天过海的手法，都隐匿在这漆黑的夜色中，让他蒙骗过关，侥幸逃过死劫。刘长才和队员们知道后真是后悔不迭！

近日，这股土匪又在四处流窜，活动频繁，骚扰百姓。

为了除掉这股顽匪，区小队在组织的带领下，广泛发动群众，最终收到来自群众的举报，获悉了这些土匪的活动轨迹。终于有一天，区小队在石垛乡的李各庄附近与这股土匪相遇。

见到以李大癞子为首的这帮土匪，区小队队长刘长才不由分说，气愤地拔枪就打，直打得土匪抱头鼠窜。李大癞子怎么呵斥也拦不住逃窜的喽啰们，一怒之下他回手几枪撂倒了两个已跑出五六十米远的土匪，有些土匪见势不妙，为了活命，连滚带爬跑得没了踪影。

这边，区小队的战士们在队长刘长才的带领下，对面前的土匪一阵痛打，直打得他们吱哇乱叫，连连求着李大癞子赶快撤退。李大癞子也感觉这回碰上了硬茬，这样下去要吃大亏，便决定带领剩余的喽啰溜走。他刚一起身想招呼撤退，"退"字还未说出口，就被刘长才抬手一枪打中了右肩骨，他握枪的手一软，枪滑到了地上。一个贴身保镖见状赶紧扶着他，在几个喽啰的护卫下仓皇逃窜。

不久后，刘长才听说，李大癞子因伤口感染化脓，小县城无法治疗，只得跑到济南，再次投靠在蒋万福手下。他一边养伤，一边想网罗势力准备和蒋万福一起卷土重来。

赶走了李大癞子，铲除了几个死心塌地为鬼子卖命的汉奸，区小队接二连三的动作闹得鬼子汉奸不得安宁。他们的日子过得没有那么太平了。他们暗中打探到制造这一系列事件的八路军里的头头是新任区小队队长的人称"活扒皮"的刘长才，还得知这人很不好对付。

这一天，石垛乡据点里的鬼子小队长问伪军队长道："刘长才的，什么的干活？"

伪军队长答道："太君，你还记得吧？刘长才就是前年太君带队在曲堤小杨庄一带清剿土八路时，一个人夺走了咱们一挺机枪的那个土八路！"

"嗯！"鬼子队长惊讶地盯着伪军队长，想起了那一次被八路军夺走一挺机枪的耻辱一事。

那是刘长才当兵的第三天，队长刘勇带领武工队一行人在小杨庄刚刚驻下。据点里的鬼子队长从村里的奸细那里得知小杨庄有八路军的消息，便决定亲自带人清剿。一个小队的鬼子加上几十名伪军凶神恶煞地赶来，他们以为八路军这回是插翅也难逃了，他们一定能消灭这一小股八路军。所以鬼子还没进村，便给武工队来了个下马威。"咣咣"一阵炮轰，炮弹爆炸后掀起的浓雾掩盖了半个村子，惊得鸡飞猪叫，也吓得农家养的小狗四处躲藏。鬼子开了一阵炮后，指挥着人员列横队一字排开向村内冲来。

刘勇一见这突如其来的情况，马上命令武工队队员占据村内有利地形，准备抗击敌人。武工队队员们在刘勇的带领下，个个毫不示弱,沉着冷静地反击敌人。无奈,武工队缺乏有力武器,仅凭老套筒步枪和手枪的还击,很难阻击鬼子伪军的冲锋,很快敌人便冲进了村子。气焰嚣张的鬼子伪军认为村内的八路军完全没有战斗力、不堪一击,一窝蜂地涌进村后,便架上一挺歪把子机枪,打得村内硝烟四起。还好武工队队员率先占据了有利地形,顽强地抵抗着,鬼子一时也难以接近。刘勇边组织抵抗,边部署撤退路线。没想到,刚入伍三天的刘长才看到小鬼子的机枪疯狂地扫射,直扫得队员们抬不起头来,便借着熟悉地形的优势,瞅了一个空当,利用房屋的掩护,悄悄绕到机枪射手的后侧,偷偷接近敌人,趁两个鬼子只注视前面疯狂射击时,冷不丁冲了上去,大吼一声:"呔!"夺下了机枪,掉头一阵狂扫,几个近前的鬼子和伪军立刻被打翻倒地。这个谁也没料到的大胆举动,惊得鬼子伪军一时都呆愣住了,在自己的阵地上,怎么会突然冒出这么个愣小子上来抢夺机枪?这在战场上从未碰到过的大胆之举,把鬼子们惊得一个个目瞪口呆、不知所措。趁着鬼子伪军还没有完全反应过来,刘长才手提机枪一个转身消失在墙后,没了踪影。这一套动作,行云流水。事后,老百姓传得更是神乎其神,称他用的是奇门遁甲之术,来无踪去无影,凡人是无法阻挡的。在伪军汉奸队里则传说八路军队伍里有一奇人,是当年被姜子牙封神的土行孙的后代。

得知刘长才来到了这里,鬼子队长的小眼睛不停转动,和伪军队长一起商量了一条毒计。

在据点一个昏暗的房间里，刀条脸、尖下巴、干瘪身材的伪军李根发，正对着白花花的二十块大洋发呆，他眼里放着贪婪的光，心里盘算着一块大洋就是一袋白洋面，三块大洋就可以娶个漂亮媳妇，这买卖划算能干！

在鬼子队长的精心策划下，伪军队长向李根发交代了任务：伺机打入区小队，刺杀区小队队长刘长才，事成之后，太君那里有更丰厚的报酬！

几天后，在区小队经常活动的地方，出现了一个面呈菜色、蓬头垢面的流浪汉，他走起路来那有气无力、摇摇晃晃的架势，很是可怜。

一天，刘长才带领区小队战士到了大王庄，巧遇了流浪汉，流浪汉的哀求声令区小队队长动了恻隐之心，便走上前去问道："你是哪个村的？"

流浪汉答道："俺是李家庄的。"

刘长才又问道："你年纪轻轻的，不在家好好劳动，怎么弄成这样？"

流浪汉便将事先编好的话倒苦水似的倒了出来：他家原来有几亩地，因为和哥嫂分家，他只分了一亩多地。去年地里歉收，没打多少粮食。他有个病老婆，常年吃药，去年实在负担不起药费，老婆停了药，没两个月就死了。他原想寄居到哥嫂家度日，无奈嫂子太凶，她声称找人卜了一卦，说他命里带凶相，走到哪儿都会拖累家人，便不让他上门了，哥哥也是生性懦弱，主不了嫂子的事。他见这种情况，索性把地卖了，凑了点盘缠，准备下天津卫闯一闯。没承想，还没走多远，半路上遇到鬼子扫荡，他身上的盘缠全被伪军抢了去，还被关进黑屋子里闷了三天，被狠狠打了一顿，伪军说他一个穷鬼哪来的钱，八成是给八路军送给养的。最后，伪军看他实在不像跟八路军有瓜葛的人，才把他放了出来，叫他赶快滚蛋，说再不滚就地枪毙。出来后，他也没家了，只能到处流浪。

流浪汉苦苦哀求道："八路军同志，我能不能跟上你们？给口饭吃就行，我也能打鬼子。"

刘长才听罢，觉得他说得挺诚恳，没有什么不妥之处，又见他境遇的确让人同情，便说道："我看你年龄也不大，到处流浪没个去处，这样下去也不是个办法，这样吧，你先跟我们走吧，到时再说。"

流浪汉一听，激动得不停作揖，嘴角冒着白沫子，连声说道："谢谢八路军同志，谢谢八路军同志！"

李根发来到区小队后，刘长才通过一段时间的观察，发现此人总是一副心事重重的样子，常常独自呆坐在一边，跟他说话有时回答得也是颠三倒四的，他以为是他爹娘没了，自己的小家也破碎了，有点伤心过度，也属正常，就没往深处想。他觉得这人虽然话不多，倒也挺勤快，端茶倒水总是抢在前面，逢人就带三分笑，人前人后还曾多次表露自己的感恩之情：队长就是他的再生父母，是队长给了他一条活路。几个月后，流浪汉李根发被正式留了下来，并被安排在了队部。

据点里的鬼子队长得知李根发已在区小队立稳了脚跟，不禁暗自得意，认为第一步计划已成功实施。为了便于下一步和李根发里应外合，他授意伪军队长找一个牢靠的自己人，建立单线联系渠道。

伪军队长思来想去，掰着手指头算了一遍。他所结识的人中就大王庄维持会里的王乃金较为合适。此人三十多岁的年纪，因为抽上了大烟，把家折腾得没了家样。他只要烟瘾一上来，阎王老子也拿他没办法，为能抽上一口，不光不管老爹老娘，老婆孩子更是全然不顾，屋里值点钱的家什都叫他折腾了个精光。让他一天不吃饭行，但断了大烟那可绝对不行，活脱脱一个大烟鬼。由于长期吸食大烟，他脸色蜡黄、皮包骨头，一阵风都能把他刮得摇摇晃晃半天站不稳。烟瘾上来得不到满足，他就眼泪鼻涕横流，发疯似的撕扯自己的衣服，一副令人生厌的无赖相。家里老婆孩子多次痛心哭喊着劝他戒烟，但他照抽不误。他们哪里知道，人一旦染上烟瘾，那是没有回头路可走的。被逼无奈，老婆气得干脆领着三个孩子长期住在了娘家，任由他自生自灭。

这两天，王乃金正因为弄不到钱买大烟急得抓耳挠腮，恨不得发疯。在这节骨眼上，伪军队长找上了他，拍着他的肩膀笑嘻嘻地说道："乃金啊，好事来了！"

王乃金一听，瞪着迷糊的双眼，急不可耐地问道："队长，你别跟我开玩笑了，啥好事能找到我？你瞧我这腌臜的命，遇上的全是倒霉的事。"说完，他摇着头看着伪军队长，等着伪军队长答话。

伪军队长一歪头，凑近了王乃金，故意神秘地说道："唉，据点里太君看上你了，觉得你在维持会里最值得信任，所以，今天让我来专门向你交代一件事，这事也不费力就能完成！"

"啥事？队长！你快说说！"王乃金问道。

伪军队长见火候已到，便说道："就是跑跑腿，送个信的事，简单！"

伪军队长跟他说明了来意，并许诺事成之后有大洋犒赏。这大烟鬼一听有大洋拿，立时两眼放光，心想："哎呀，这不是老天都来助我，给我救急了吗？真是想睡觉就有人递枕头。"喜得他挤着满脸的褶子，连连应承下来，当场就拍着胸脯保证道："队长你放心，我保准把这事办得妥妥的！不过，我有个条件！"

伪军队长一听，忙说道："啥条件？你说吧！"

王乃金嘿嘿一笑，觍着脸说道："你这会儿能不能先预支我两个子儿？我着急用！"

伪军队长瞪了他一眼，看穿了他内心的鬼把戏，心想无非就是又缺钱买大烟了。他从兜里掏出几张纸币递给了他，说道："你先拿去用着，等在太君那里领到了大洋再给你补上！"

"谢谢队长，谢谢队长！"王乃金点头哈腰地接过了票子，转身冲出屋买大烟去了。

阴历冬月初七，王乃金接到了据点发来的指令，让他按联络方式将密信送达指定地点。送完信后，他心里美美地想着："不就是送个信嘛，又不费力，这边送去，那边取出，回头就能领到大洋,再笨的人都会干。何况凭我这聪明的脑瓜子,那可真是屎壳郎滚蛋蛋——容易!"

晚饭后,区长带着通讯员来到了区小队。刘长才一见区长来了,忙叫李根发沏茶倒水,他连叫了他两声,都不见有回应,嘴里便自言自语地说着:"这刚吃完饭,人能去哪儿了?"说完自己捅开炉火,烧上了水,陪着区长坐了下来。

区长向刘长才通报了最近鬼子伪军的活动情况,并着重强调了区小队近期要高度警惕,防止据点里鬼子搞渗透,反复叮嘱要加强防范意外事件。区长交代完近段时间需要部署的工作,就匆匆离开了队部。

刘长才送走区长后,仍未见李根发的身影,不禁觉得有点蹊跷:这人能上哪儿去呢?这么长时间不见人影,连个招呼也不打!他来到了队员们住的房间,问了一句:"你们谁见到李根发了?"

区小队员陈信义应道:"队长,我见他吃完饭撂下饭碗像是往村北边去了,我还问他干吗去,他说是去遛遛弯,一会儿就回来。"

刘长才满腹狐疑地"哦"了一声,正要转身回队部时,陈信义又补充了一句:"队长,我这些日子见他往村北去了有两三回了。"

刘长才点了点头,不动声色地回到了队部。刚坐下不久,李根发回来了,看到壶里的水在沸腾,便上前提起壶来,殷勤地给队长沏上了一碗茶水,说道:"队长,喝茶吧。"一切言行仍是那么自然、不做作。

刘长才平静地回道:"放那儿吧,晾一会儿我再喝。"内心却在不停地翻腾着,心想:"这个李根发,自打收留他到队里,他在自己身边可以说是形影不离,平时不管到哪儿去,都会报告一声,可最近几次却莫名其妙就不见了踪影,还老是往村北头转悠。那一块儿也没有他沾亲带故的人啊,会不会有什么情况呢?"想到区长再三提醒近期鬼子汉奸在内部搞渗透的事情,刘长才突然头皮一阵发紧,多了一层戒备:"难道这里边真有什么名堂吗?"

这次,李根发接到了据点里鬼子给他下的最后通牒:"必须尽快动手除掉区小队队长刘长才,不许拖延时间,不得违抗命令,事成后回据点领赏!"鬼子的步步紧逼,弄得李根发坐卧不宁。

李根发属于那种贪婪成性、阴险狡诈之人。为了达到某种不可告人的目的,很会巧妙伪装自己,把自己装扮成无辜可怜的样子,以博取人们的同情。

想起自己乔装乞丐,轻松地骗过了区小队队长刘长才,李根发暗自窃喜,对自己的演技颇为自信,认为凭自己的本事,原本就应该过上衣食无忧的生活,只是生不逢时,没有遇上贵人提携,才沦落到今天这般地步。混入区小队以后,李根发骗取了大家对他的同情,尤其是区小队长刘长才,他对他关爱有加。他还曾多次在大家面前说:"李根发是个命苦的人,爹死得早,哥嫂指望不上,一个人无依无靠的,着实让人同情。"不光队长呵护他,大家对他也是处处关照,使他从内心感到:队长杀鬼子汉奸那么狠,但是对待自己人却那么温厚善良,队长是个好人,是个让人服气的人。区小队里每个人对他都那么热情友好,处处照顾他,他缺什么东西大家都主动帮他解决。不像在鬼子据点里,人与人之间表面上点头哈腰,背地里尔虞我诈,一不小心就被算计了。他觉得八路军队伍能留得住人。

不过,李根发这样变化无常的歹毒小人,虽然被感化了一阵子,但终究还是改不了被铜臭熏黑了的心和自私自利的秉性,一旦条件适宜,还是会原形毕露,干出伤天害理的事。在他这里,没有人伦道德标准,只有对利益的疯狂攫取。一边是白花花的大洋和美女,一边是恩人队长明晃晃的身影,李根发心里盘算半天,终究还是大洋和美女的诱惑占了上风,他不由得做起了黄粱美梦:"用不着费多大工夫,我这二拇指一勾,大洋和美女都到手了!然后用鬼子给的赏钱置办个铺子、做个生意,娶个老婆生几个娃,把小日子过得红红火火的,后半辈子的生计就不用愁了!"想想这些他心里觉得美滋滋的,于是,决定趁夜间大家都休息时下手,事成后马上乘着夜色赶回据点找鬼子领赏。

忙碌了一整天的区小队队长刘长才从区里开会回来,已是夜里十一点多了,他正斜对着里屋门口整理床铺准备休息,突然感觉门帘被掀动了一下,一股冷风吹向后背,同时听到啪的一声。他回头一看,是李根发,不由得问了一声:"干什么?"

李根发有点结巴地回道:"没、没事,可、可能是枪滑机了。"

刘长才诧异地冲着李根发道:"枪滑机了,拿来我看看。"他顺势将枪拎了过来,拉开枪栓,一发臭子掉在地上,他捡起来一看,底火已被撞针撞击过。"这是怎么回事?"刘长才严厉地质问道。

面对区小队队长刘长才那犀利的目光,李根发自知事情败露,一时间脸色惨白、头皮冒汗,牙齿紧紧地咬住嘴唇,扑通一声跪在了刘长才面前,头磕得如同捣蒜,忙不迭地求饶:"队长饶命!队长饶命!"他一边磕头一边还不停地为自己辩解:"是他们逼我的呀,是他们逼我的呀!我实在没有办法了,是我一时糊涂啊,鬼迷心窍干了对不起队长的事。我该死,我真该死!"一时间,他鼻涕眼泪满脸都是,心里暗自认倒霉:"这回大洋、美女捞不到了,没准还得搭上自己的小命,真是肠子都悔青了。"

"起来!"刘长才大喝一声,吓得李根发头皮一阵发麻,张着大嘴,瞬间止住了哭诉,一双无神的眼睛绝望地看着队长,希望从他脸上寻找到一线生机。

刘长才看着眼前小丑似的李根发,轻蔑地喝道:"你这是想要我吃饭的家伙吗?没那么容易!我要是真有掉脑袋的那一天,也轮不到你来动手,哼!"说完,刘长才又死盯着李根发,咬牙切齿地说道:"你这个忘恩负义的玩意儿,没想到我收留的是一个没良心、披着人皮的畜生。你还有点人味吗?你瞧你这副德行，只配去当狗！"

骂完李根发，刘长才突然意识到，跟这种人多说一句都是多余，他厌恶地看了一眼跪在地上的李根发，随即命人将其拖了出去。

事后一回想，刘长才倒吸了一口冷气，暗自庆幸自己是命不该绝，阎王爷那生死簿上还没有点到他的名，他还得继续完成打鬼子的使命！

处理了李根发，刘长才心里犯起了嘀咕：在区小队流动的范围内，轻易让一个打扮成流浪汉的汉奸蒙混了过去，险些让小鬼子阴谋得逞，可见对敌斗争是多么激烈复杂。

李根发事件，让他明白了一个深刻的道理：对待凶恶的敌人决不能心慈手软，在你死我活的斗争面前，只有擦亮眼睛明辨是非才能避免无谓的牺牲，容不得半点麻痹大意！因此，他吸取了这次的教训，在之后的革命斗争中，他表现得更加坚决果断，带领区小队的战士们，处处寻找战机，给敌人以沉重的打击。鬼子和伪军一提到刘长才，都紧张得浑身打冷战，暗自祈祷，出门在外千万别碰上"活扒皮"刘长才。

全歼日寇三角部队

一九三七年十二月二十七日济南沦陷后,日本侵略者将大批特务派往济南,先后成立了二十多个特务组织,以维护其法西斯统治。为掩人耳目,日本特务机关对外都以"公馆"面目出现。济南"泺源公馆"是华北驻屯军在山东的特务机关,其控制着一支特殊的部队,因该部队成员佩戴的臂章上有个红色的大三角套小三角的标记,故称为三角部队。

为了对付八路军在敌后开展的游击战,日本天皇批准成立这支部队,虽然人数配备只有千人左右,但其成员均由日本军官和军国主义狂热分子组成。每一名成员都由日军陆军特种部队以九比一的比例筛选出来后,再派往德国进行特殊的强化训练。这些人不但个个身体健壮彪悍,枪法准,还会说一口流利的汉语。性格也极为无情,十分凶残。他们不仅自身配备着精良的武器,携带当时最先进的通信器材,而且这支部队的每位成员还享有特权,可以随时呼叫航空兵和骑兵及摩托化部队快速应战。

济南"泺源公馆"的特务机关虽然控制着这支部队,但该部队也听命于日军师团一级主官及驻屯军司令指挥。其作战特点是，时聚时散。有时会三五人一组，化装成逃难的老百姓和沿街乞讨的乞丐，打听收集八路军驻地和政府机关的消息，一旦发现目标，即缠住不放，用先进的通信设备呼叫近距离的日军骑兵和摩托化部队赶来围剿。在一九四二年和一九四三年，就是因为这支部队的渗透、破坏和袭击，给八路军部队和政府机关造成了重大损失。坡杨家一战，就是他们化装成伪军，诱骗县大队陷入圈套，使得县大队五十多名战士牺牲，而且，他们还损毁了牺牲的战士的遗体，以展示其威慑力和恐吓力。一提起日军三角部队，八路军战士都恨得咬牙切齿，恨不得将其彻底消灭。

近日，从多方渠道证实，该部队计划开进齐阳城，一是为驻齐阳县城的日军撑腰打气，二是强化占领区的治安肃正活动。为了打掉敌人的嚣张气焰，分区及县大队多次研究决定，集中优势兵力，以分区主力团为主，集结县大队兵力，在预定地点设伏，彻底消灭这些不可一世的鬼子兵，设伏地点的选择成了十分重要的事！齐、临、商三角地带都是其肃正经过地，但是要选一处既能隐蔽又便于接敌的伏击地委实需要动一番脑筋。

为了确保这次伏击万无一失，彻底消灭这股鬼子，同志们反复勘察推敲，最终决定将徒骇河东岸、齐临公路一侧、长达十几公里的红荆林地带作为预设阵地。齐临公路紧临河堤，路边常年生长的红荆林十分茂密，中间生长着苦楝树，夹杂着高高的杨树，再向东望去，便是当地村民栽种的大片枣树林。进可以攻，退可以隐蔽撤退，是个理想的设伏地。各部都在紧锣密鼓地准备着，只待一声令下，即可奔袭进入阵地。近几日，齐阳、临城、商河城内的鬼子也是一片欢腾，等待着三角部队光临以壮军威。

时值深秋，天气突然转凉。一阵阵秋风掠过，把杨树叶刮得一片片翻着跟头飘落在地上。厚厚叠起的枯黄叶子又被风卷起围着树干打旋儿，一脚踩下去，发出咔咔的声响。沿着徒骇河堤岸生长的弯柳，也只剩下掉光了叶子的枝条耷拉着，被风一吹，相互缠绕在一起，然后又松开。茫茫大地褪去了绿色，土路时不时被秋风吹得扬起一股股立柱式的尘埃。

分区通讯员骑着一匹快马送来了指令：限明日凌晨进入指定位置，不得有误。

大队长刘勇计算了路程，确定部队夜里十一点集结出发，奔袭四十公里即可进入预定阵地。

一听说有仗打，战士们个个兴奋异常，带劲地抄起自己的武器反复擦拭着，二排老兵王全调侃赵大栓道："大栓，也不知咱这回打仗的那儿有没有柳树条子？"

赵大栓反讥道："你放心吧，我现在鸟枪换炮了！用的也是三八大盖子，折柳树条子那是过去的事了，有本事咱们战场上比试比试，看谁的枪法准、打死的鬼子多。"

老兵王全参加八路军之前，是齐阳县百里范围内能道出姓名来的好猎手。他只要扛着长杆子（自制的土枪）在野地里转一圈，只要让他吊上线，无论是天上飞的，还是地上跑的，可以说是枪枪见血、弹弹咬肉、百发百中。而且，他还自创了三步装药法：在一枪将猎物撂倒后，三步之内，按炮子装药填沙一气呵成，操作完毕，再发现猎物时，瞬间就可以举枪射击。也正是因为他有一手好枪法，当地的土匪头子曾登门许以厚礼，恩威并施地想拉拢他入山门，但被他婉拒了，他回道："我现在这个情况，是哪里也去不了，只能在家待着！三十多岁了，有老婆有孩子，家中还有老娘要伺候，哪能脱开身啊。"土匪头子见说不动他，只好悻悻地打道回府。

八路军进入鲁西北地区后，接连在齐阳县周边跟鬼子干了几仗。别看八路军武器落后，但是见了鬼子照样不含糊，那仗打得也挺邪乎，这让王全感觉还是八路军行，有种！是真打鬼子的队伍！他是个中国人，是条汉子，不能老守着自己的小家，眼睁睁地看着日本人欺负老百姓，他左思右想，觉得自己这一手好枪法，打鬼子用得上，便跟媳妇交代了家事，辞别了老娘，豪气地背上自己那条长杆子，加入了八路军。

加入八路军的队伍后，几次战斗下来，他那枪打得真叫一个神准！不管小鬼子是骑在马上，还是躲在树林里，只要被他发现，那是一枪一个，弹无虚发。

有战士不禁好奇地问道："王哥，你枪打得这么准，是咋练的？"

王全漫不经心地回道："嘻！哪有那么多弹药让你练呀？无非就是见到猎物，就一门心思别让它跑喽，打回去好让老婆孩子尝到点肉腥味，要不哪有钱去买肉吃呢？这样，时间一长，养成了习惯，我只要一端起枪，浑身都紧张起来，耳边什么声音都没有了，只有眼前的猎物，好像这就是人们说的注意力高度集中、心无旁骛吧！再一个就是感觉，只要一举枪，瞄不瞄那都顾不上了，感觉只要猎物在自己枪口前面，就可以把它打倒。最后就是只要发现了目标，动作一定要快，不能犹豫，一犹豫机会就错过了。你想那野兔子，跑得飞快，你一枪打不着它，它早就跑出几里地去了，两条腿的人别想追上它。反正这就是我打枪的体会，再多了我也说不上来。"

王全的这一番话，听得班里的战士们大眼瞪小眼的，个个服气地称赞他是名副其实的神枪手。

栓子一时兴起提出挑战，无疑是鲁班门前弄大斧、关公面前耍大刀啊！

王全一听呵呵笑着回道："比就比，咱们战场上见！"

行军途中，突然有一部分人从侧后方插了过来，齐大祥近前一看，发现是一支担架队，正匆匆地前行。一个高挑身材、剪着齐耳短发的女同志正照应着这支队伍，嘴里还不停地招呼着："快，快，跟上！"

齐大祥走上前仔细辨认，认出是护士王慧萍，便转身追上自己的队伍，找到大队长报告道："大队长，分区担架队也来了，我看到慧萍嫂子了！"

"别瞎说！"刘勇回道。

"是真的！我亲眼看见的！"大祥肯定地说道。

刘勇还是半信半疑地问道："你在哪儿看见的？"

大祥回道："就在咱队伍侧面往后一点，不远！"

"走，去看看！"刘勇说完，便带上齐大祥，站在匆匆前行的队伍旁，用目光搜寻着慧萍的身影。略等片刻，一支扛着担架、推着小车、抱着被褥的队伍赶了过来，他走近一看，果然看到了王慧萍！刘勇上前轻声地叫道："慧萍，你们咋也来了呀？"

王慧萍一怔，没料到竟是刘勇，她甩了一把汗，双手将头发往后一抿，激动地说道："哎呀，刘勇哥，是你们呀，没想到啊！"

刘勇问道："你们来了多少人？"

慧萍朝队员方向一甩头说："你看，有五十多人呢！"并自豪地说道："俺们也是来参加这次战斗的！"

刘勇点了点头说道："嗯，战场上子弹可不长眼，你要照看好这些队员，随时提醒他们注意安全，你自己也要加倍小心，不要盲目地往前冲。"

"放心吧，我懂！"慧萍答道。

刘勇又不放心地叮嘱道："我看这次的阵仗，战斗打起来肯定很激烈。这一回我们面对的是鬼子的精锐部队，一时半会儿不好解决，咱们都得做好充分准备，尤其是你们在战场上抢救伤员时，千万要提高警惕，防备受伤的鬼子做垂死挣扎，背后打黑枪啊！"

"嗯，是啊，这个俺明白！你也快去照看你的队伍吧，俺这就走了。"说完，她眼神里充满了爱恋与牵挂，不舍地看了刘勇一眼，转身匆匆追赶自己的队伍去了。

凌晨，部队准时进入指定位置隐蔽好。战士们匍匐在阵地的树丛里，一个个憋足了劲，等鬼子一出现，就让他们有好戏看。尤其是王全和赵大栓，两人卧在那里，你冲我挤挤眉，我朝你弄弄眼，好像在用眼神相互挑衅，那意思是：咱可不兴吹牛的啊，咱这回可是动真的了！等枪一响，就点数。

离他们不远的排长武光禄看到这个场景，也在一旁偷着乐，心想："这俩还真跟斗鸡一样！"不过，他从旁观者的角度评判，他还是更偏向王全，因为王全不仅出枪快，而且打得真叫人称绝，那是名不虚传，他也是亲眼见识过的。

远的不说，就在上个礼拜，武排长受大队委派，带着王全还有另外两个战士去帮村里一家堡垒户苫房子，活干完了准备返回时，王全突然向武光禄提议道："排长，最近咱们的伙食清汤寡水的，一点油水都没有，要不咱们出村到地里打两只野兔子，让大家开开荤怎么样？"

武光禄正犹豫间，王全又补充道："排长，就打两发，保证不会浪费子弹！"

"好！"武光禄应道，"这回我就为你做一回主，咱们到地里转一圈，也不会耽误多少时间。"

几人兴冲冲地出了村子。刚出村不远，在一条沟渠边的草地里跳起一只兔子，逃命似的往远处奔去。武光禄与其他两名战士还没反应过来，就听"砰"的一声枪响，那只野兔在地上翻着跟头挣扎了几下，便躺在了那里。一个战士快步跑了过去，拎起了野兔子，兴奋地高声叫道："哎哟！好大一只兔子，足有三四斤重，晚上我们有兔子肉吃了！"话音未落，三十多米处一只被惊起的兔子也仓皇逃窜，还没跑出几步，王全一抬枪，"砰"的又一声，兔子应声倒地。两枪两只兔子！几人你看看我、我看看你，都被王全的枪法惊呆了，称赞这神枪手果然不是浪得虚名！

　　清早，太阳火球般从地平线上升起，阳光洒在大地上。渐渐地，三三两两的人们出行在了公路上，有的庄户推着独轮车，车两侧用红荆条编织的筐子里装满了白菜、菠菜和大白萝卜，是去赶早集，抑或是去送货的。头上包着白毛巾、穿着碎花小袄、扎着裤角、挎着包袱的乡村妇女，抱着孩子似乎是去走娘家的，还不时给孩子擦把鼻涕。还有不时扬着手中鞭子赶马车的车夫，大声吆喝着。车轮轧过后扬起的尘土，被风一吹，瞬间又散去。公路右边的斜坡下，蜿蜒东去的徒骇河水平静地流淌着。人们丝毫没有察觉到距离公路不远处的红荆林枝丛中埋伏着的战士们，他们那一双双愤怒的眼睛机警地注视前方，公路上的每一个动静都尽收他们眼底。

　　不知不觉，时间已接近中午的十一点多，侦察员飞马快报："鬼子出动了，往临城方向开来，有马队，有汽车，估计有三四百人。"

　　战士们立刻进入临战状态，个个瞪大了眼睛，目视前方。大约有半个小时，前方公路上传来马蹄声和汽车马达的轰鸣声，由远而近。不大会儿工夫，就看见了前面开路的马队，鬼子骑在高大的东洋马上趾高气扬地目视着前方,毫无防备。中间分四路纵队开过来的就是号称不可战胜的鬼子三角部队,他们迈着神气的步伐前进着,三八大盖上的枪刺在阳光的照射下发出刺眼的寒光,后面装载弹药给养的卡车缓缓地跟进。

随着指挥员一声令下:"打!"枪炮声齐鸣,机枪、步枪打得公路上尘土飞扬。炮弹嘭嘭地在日军队伍中炸开了花,鬼子原本整齐的队伍被打得一下子乱了阵脚,有躺在地上不动了的,有受伤后在地上扭曲挣扎的,也有寻找射击点准备还击的。前边马队的马在枪炮轰鸣声中受到了惊吓,四蹄乱蹬狂奔起来,有的掉头闯进队伍中,踩踏着受伤的鬼子士兵,有的直直冲入徒骇河向对岸游去。一匹受了惊的东洋马,拖着一个一只脚倒挂在马蹬上的死了的日军士兵拼命地狂奔,那鬼子的头被地面磨得裸露出沾着灰土的白骨。

不过这毕竟是一支训练有素的部队,在短暂的混乱后,就稳定了下来。鬼子迅速找到射击掩体,开始进行反击。一个少佐官衔的日本指挥官,被炸断了一条腿,他单腿跪在地上,挥舞着指挥刀,左右开弓指挥机枪手疯狂地对着八路军阵地射击。歪把子机枪一刻不停地扫射着,直打得战士们无法抬起头。面对鬼子的机枪喷出的一道道火舌,眼见部队的伤亡在增加,愤怒的大队长刘勇吼道:"长才!干掉那个拿指挥刀的鬼子!"他竟然忘了这时刘长才已调任区小队队长,不在他身边了。

听到命令,警卫班长齐大祥二话不说端起步枪,砰的一声,张牙舞爪的鬼子指挥官应声倒地。鬼子机枪手一下子失去了目标，不知再往哪里打好，只能盲目地扫射着。随着主力部队冲锋号的响起，战士们纷纷冲出掩体，在声震如天的喊杀声中，一个个旋风般冲向敌人阵地。刚刚被打散的鬼子眼瞅着八路军发起了集团冲锋，他们就纠集到一起，组成了密集的火力网，歪把子机枪重新吐出了凶狠的火舌，阻挡着冲上前的队伍。来不及躲闪的战士们相继倒在敌人的火力扫射下，八路军战士们不得不暂时停止冲锋，双方在不足百米的公路东西两侧形成对峙，僵持在那里。

一名鬼子机枪手见没有合适的射击依托物，便拖过一具尸体架在枪下，面目狰狞地疯狂向八路军阵地扫射。机枪扫得路边的红荆枝条乱舞，树叶乱飞。再僵持下去，对已经接近敌人的战士们十分不利，而要改变这种被动的局面，必须先打掉敌人的机枪火力点。刘勇当机立断，令齐大祥调上来两门掷弹筒，竖起拇指用右眼瞄了一下，命令道："放！"

随着一声令下，炮弹出膛，飞向了敌人的机枪阵地。鬼子正打得忘形时，两发炮弹飞来，不偏不倚地落在机枪手旁边，"轰隆轰隆"几声巨响，把机枪炸得飞上了天。鬼子机枪手也被炸得翻了几下，四仰八叉躺在土路上，只有出气没有进气了。

卧在地上的战士们见机枪哑了，纷纷起身端着枪，口里喊着"冲啊，杀呀！"奋勇地冲上前去，跃入了鬼子阵地，与鬼子展开了一场激烈的肉搏。

公路上因敌我双方争夺战扬起的尘土有好几米高，只能听见弥漫在尘土里的刺刀与刺刀的碰撞声、呼呼的喘息声、拼杀

时发出的吼叫声和人被刺刀捅入身体时发出的惨叫声。

对着鬼子三角部队这些恶魔,想起他们不择手段残忍地祸害被俘的八路军,战士们带着深深的家仇国恨,一个个都杀红了眼,即使面对彪悍的鬼子也毫不畏惧,勇敢地与鬼子展开搏杀。

早已等不及的黑虎,急得在原地不停地打转,不时扭头观望大队长刘勇的表情,等待他出击的指令。在双方拼杀到白热化阶段时,刘勇一声令下:"黑虎,上!"

黑虎得令,如离弦利箭,飞速地冲了上去。黑虎速度快,将一个正与八路军战士拼杀的小鬼子撞翻在地后,便上去咬住鬼子脖领,不停地甩来甩去,还发出"呜呜"的吼叫声。黑虎的突然出现,令鬼子大吃一惊,他慌忙扔掉大枪左躲右闪,不停地阻挡着黑虎的攻击,趁此机会,八路军战士一个突刺结束了鬼子的性命。在拼杀现场,黑虎犹如一条蛟龙飞来窜去,施展着它凶、狠、快的杀敌本领,直咬得鬼子"哇哇"乱叫,无处躲藏,一个个成了战士们的刀下鬼,鬼子彻底失去了战斗力。

不到两个小时,一场漂亮的伏击战圆满画上了句号,号称天下无敌的鬼子三角部队在渤海军区二分区战士们的奋勇搏杀中彻底覆灭了!

战士们在战场上和鬼子拼杀肉搏的激烈场面多少年都令人难以忘记。若干年后,有老人回忆起来仍然感叹不已:"哎哟!和鬼子三角部队的那场战斗,真可谓是一场惊天动地的厮杀大战啊!"

醉卧齐阳城

在二分区将士们的沉重打击下，鬼子三角部队终于被消灭了，齐阳城内的日军中队长野田如丧考妣，惶惶不可终日。据点里的给养也跟不上了，派出去征粮的人员不是被县大队堵截，就是一去不见了踪影。一些思想早已动摇的伪军也借势跑了，鬼子军队呈现出一种末日即将到来的败象。

一九四五年五月八日，德国法西斯的灭亡，加速了日本军国主义败退的进程。为了适应部队作战的需要，县大队正式转隶升格为分区独立营，加入主力部队行列。同时分区派出了一批有丰富斗争经验的干部充实进来，使得独立营装备、战斗力得到了进一步提升，战斗士气空前高涨。大家私下议论："和小鬼子算总账的时候快到了，这回轻饶不了他们。"

"报告！"跑得大汗淋漓的分区通讯员递给营长一份通知，上面要求独立营营长和教导员即刻动身赶往分区参加紧急会议，营长和教导员不由分说，骑上快马，风驰电掣般向分区司令部驻地奔去。老兵们纷纷议论起来："看目前情况，估计要攻打县城了。"

大个李故作神秘地说道："我昨晚做了一个梦，梦见齐阳城门上飘着咱独立营的红旗，小鬼子野田和警备队队长张子谦哭丧着脸在门口迎接咱们入城。我进城时昂着头看也没看他们一眼,他们还点头哈腰地递烟给我,我一甩手烟撒了一地,事后想起来还怪心疼的,那么好的哈德门烟,我装兜里带回来大家分分抽多好!哈哈哈……"大个李说得大家哈哈大笑。

坐在旁边的战士王德调侃道:"大个李,你平时这么抠,你抽的烟都是'伸手牌'的烟,人家白送给你的烟你都不要,还带回来给大家分分抽,你舍得吗?我不信!八成是又想到我这里来蹭烟抽了吧?"

大个李一撇嘴,说道:"什么呀!我才不是想找你要烟抽呢,我只是想那么好的烟,丢地上可惜了,要是捡起来带回来给大家分分抽,多过瘾哪!"

大家又是一阵哄笑!

一九四五年八月,中国人民经过十四年浴血奋战,终于打败了日本帝国主义,使其宣告无条件投降。中国人民最终取得了抗日战争的伟大胜利!

九月二日,独立营包围了稍门据点,据点内的七十余名伪军自知难敌,缴械投降,独立营连夜直逼齐阳城下。九月三日晚,驻齐阳城的伪县长及所属机关在伪军警备大队长张子谦的保护下,连夜逃往济南。

九月四日,独立营进驻县城,并贴出安民告示,实行军管,安定民心,维持秩序。经过多年的艰苦奋战,齐阳全县得到了解放,被日寇统治多年的齐阳,终于重见光明。

齐阳县城解放,人们沉浸在一片欢歌笑语中,相互传递着这令人难以抑制喜悦的讯息，人们纷纷冲出家门，踩起了高跷，敲锣打鼓，欢快地扭起了秧歌。

初秋时节，明媚的太阳也挂上了笑脸，温柔的阳光照在人们身上，暖意融融，人们的心情似那盛开的鲜花，尽情地把美的一面展现给这个世界，无拘无束地绽放。人们跳呀，唱呀，尽情地宣泄着，仿佛只有这样，才能彻底把积压在内心的苦闷释放出来！

益香居老板宋老四打开店门，贴出告示：本店为庆祝齐阳县解放，连续三日免费为乡亲们提供八桌餐饮，特此告知！

一时间，小小的益香居饭店人头攒动，大家推杯换盏，热闹非凡，众人纷纷赞扬宋老板的义举。宋老四的善举，影响了整座县城，商会会长动员商会会员向宋老板学习，踊跃参加这一活动，会员们积极响应。各店铺老板也以大义之心，纷纷杀猪宰羊、烹饪出精美食品，有慰劳独立营战士的，有将烧好的美食和茶水放在门外为游行队伍和锣鼓秧歌队免费提供的，理发店师傅也贴出告示，为众人免费理发七天！整个县城沉浸在一片欢歌笑语中。老百姓赶着猪羊来到了部队，慰问劳苦功高的战士们，部队也在喜气洋洋的氛围中加菜会餐。

在庆祝胜利日的欢庆会上，独立营战士们把巴掌拍得雷一样响，高喊："营长！你也说两句吧，给大家助助兴！"

刘勇走到战士们中间，清了清嗓子，说道："同志们！今天这个胜利，我们真是得来不易呀，这么多年了，为了打败日本鬼子，为了让我们的老百姓过上安稳日子，再也不受小日本的欺侮，我们有多少兄弟献出了自己年轻的生命！李栓子、三喜子、赵成，还有小刚子等等，他们没有熬到这一天！同志们！他们盼望的就是把小鬼子赶出中国去，盼望的就是胜利的这一天的到来呀，没有他们的牺牲，就换不来我们今天的胜利！"

一旁的教导员鲁彬站起来插话道："对！营长说得对！他们为了我们民族的解放，为了打败日本帝国主义，先我们而去了，我们不能忘记他们，这些弟兄，是我们独立营的骄傲，是真正的英雄！"

刘勇接着说道："在今天这个喜庆的日子里，这酒要喝！这饭要吃！我提议，这第一杯酒先献给我们的英雄们！"

大家纷纷端起酒来，将斟满的烧酒洒到地上，以此作为对牺牲战友的祭奠！

刘勇继续说道："这第一碗饭，供到我们的桌子上，让我们的兄弟在九泉之下知道我们没有忘记他们，让他们知道我们还在一个锅里搅勺把子！"

在这喜悦与悲壮交织的氛围中，大家怀着复杂的心情念叨着这一天到来的不易。

正在大家你来我往地敬酒庆贺中，三排长一人起身离座，走向院子的西厢房，进屋后，他顺手把门关上，在一阵沉默后，他不由自主地发出了"嘿嘿嘿"的傻笑。得知三排长发出这样怪异的笑声后，刘勇先是一惊，继而又轻松地说道："不要紧，他这是知道以后终于不打仗了，精神过度紧张又突然放松下来，一时没有调整过来，用俗话说，这是魔怔了，一会儿就会好的！"

不知不觉中,几坛齐阳小烧见了底,大家仍意犹未尽。指导员陈胜德提议:"杯子喝不过瘾,咱们上大碗吧!"在叮叮当当的清脆的碰碗声中,众人咕咚咕咚把酒倒入肚中,任凭浓烈的酒精灼烧着自己。

喝吧!这些经历万千磨难的战士。

喝吧!这些弹洞穿身都不眨眼的汉子们。

喝吧!这些喝徒骇河水长大的儿郎们。

喝吧!这些中华民族优秀的子孙们!

在这个永远值得庆贺的日子里,喝他个一醉方休!

大家在一片欢乐的气氛中,推杯换盏地畅饮了一番,才先后离去。几名干部还觉未尽兴,又结伴围坐在营长刘勇和教导员鲁彬身旁,轮流碰杯敬酒,仿佛有说不完道不尽的话,非要在今天一股脑儿地痛快倒出来。

一排长武光禄端着一碗酒,与刘勇咣当一声碰撞后,一仰脖,咕咚咕咚将碗中的酒喝完,抹了一下嘴角,对刘勇说道:"营长,我向你请个假,我想回河北老家去看看我的老娘,出来这些年了,也不知道她在家现在怎么样,顺便我也去祭奠一下我爹和弟弟妹妹,告诉他们,我们胜利了!这些年来,我先后打死了十多个鬼子,也为他们报了仇!"武光禄说着说着,两行热泪顺着脸颊流了下来。

堂堂七尺男儿,面对凶残的鬼子未曾胆怯过,经历那么多惨烈的场面未曾落泪过,然而,在今天这个日子里,武光禄流下了积压在心中多年的苦痛的泪水。他要回去,回去告慰父亲和弟弟妹妹的在天之灵,告诉他们胜利了的喜讯!让他们在九泉之下可以安息!"

刘勇了解武光禄的身世及其家庭遭遇的不幸,连忙抚着他的肩膀说道:"光禄,是应该回去看看老娘了,顺便给你爹和弟弟妹妹上上坟,把这胜利的消息告诉他们,让他们在九泉之下也为咱们今天的胜利高兴!我同意放你的假!"刘勇说完,转过身来看着教导员鲁彬,问道:"教导员,你是什么意见?"

教导员鲁彬点了点头说:"我同意!回家看看老娘,非常必要,见到你的老娘后,代我们问个好!"

"是!"武光禄起身应道,正准备转身离去时,刘勇又疼爱地拉着武光禄的手说道:"骑上我的马,这样路上就快多了,顺便还可以带上点土特产让乡邻们品尝品尝。"说完,便用关切的目光看着武光禄,叮嘱道:"路上注意安全,快去快回!"

"谢谢营长!"武光禄激动地给营长敬了个礼,这才转身离去。

送走了一排长,大家又在这热烈的氛围中边碰碗边喝着酒,回忆着这些年来打鬼子所经历的困难和险况,念叨着那些先后离去的好兄弟们,你来我往中,不知不觉几碗酒又喝了下去。直到几人都喝得头脑发晕、眼前一片模糊、说话舌头打结,方才散场。

刘勇和鲁彬也因为兴奋过度,毫无顾忌地开怀畅饮,待回到房间,整整昏睡了三天三夜才睁开双眼,醒来后仍觉头疼欲裂,脚下犹如踩着棉花,好几天才恢复正常。

鲁寨乡剿匪

抗日战争胜利后,人们庆祝解放的热度尚未完全褪去,忙忙碌碌中,转眼到了一九四七年的春季。

一天,县里来了通知,要求独立营营长和教导员到县里开会。营长刘勇、教导员鲁彬赶到后,县长一边一个拉着两人的手,进入会议室隔壁的一个房间,他示意两人落座后,便神情严肃地交代道:"先给你们两人吹个风。"然后,语气缓慢地说道:"抗日战争虽然胜利了,但是整个国内形势依然不容乐观,从分区通报给我们的情况看,国民党为了抢占地盘,对过去投靠过日军的伪军和小股土匪武装或收编,或封官许愿、拉拢收买。兵匪横行,仅冀鲁边地区就已经集结了近万人。"县长缓了口气又说道:"国民党收买的这些地方势力,也都是恶贯满盈、干了不少坏事的,老百姓是深恶痛绝。所以,从我县的情况来看,你们独立营下一步的主要任务就是清剿土匪,彻底铲除这些在地方上盘踞多年的恶势力,为民除害,以保证老百姓能够真正品尝到这来之不易的胜利果实,能够安居乐业。对此,你们一定要保持清醒的头脑!"

刘勇答道:"我们也接到了分区的通知,让我们服从县委的领导,配合县里开展剿匪斗争。我们保证完成任务!"

教导员鲁彬也答道:"对,请县长放心,我们一定听从指挥,把剿匪任务完成好!"

刘勇接着说道:"据我们了解,本县最大的一股土匪势力,其头目是蒋万福,人送外号蒋秃子,他手下百来号人。日本人在时,他就和日本人勾勾搭搭。他手下人透露,当年他和日本人勾搭,主要是想套弄些武器,扩充自己的势力。日本投降后,他们主要活动在浍河和鲁寨乡一带的黄河边上,打算一旦情况不好,就过黄河南逃。"

刘勇继续介绍道:"蒋万福,本县鲁寨乡大寨子村人,出身于地主家庭,小时候过着养尊处优、好逸恶劳的日子。一次,家中八仙桌旁边的一只古花瓶被其疯跑时碰翻在地,摔得粉碎,他不但不承认是自己干的,反而诬陷是丫鬟打扫卫生时碰碎的,害得丫鬟遭到了一顿毒打不说,还被罚了两天不准吃饭,饿得丫鬟头昏脑涨还要伺候老爷和太太,给他们端屎倒尿。家里对其所作所为装聋作哑,这种光养不教的放纵行为,使得他更加肆无忌惮,长大后更是欺男霸女、坑蒙拐骗,可谓是无恶不作,在当地已是臭名昭著,老百姓见了他都躲着走,唯恐避之不及。日本鬼子来了后,他趁机用不义之财收买了一些亡命之徒,拉起了一部分武装,妄图独霸一方,欺压百姓。鬼子刚投降不久,他就受国民党特派员的唆使,把我们一个三人下乡工作组在大寨子村给枪杀了!"

"对!"教导员鲁彬插话道,"我们当时接到报告后,立即派了一个区队前去追剿，但由于他事先得到了消息，让他侥幸逃脱到了黄河以南，估计他还会回来，因为他的一帮武装势力都散落在黄河北。"

县长叮嘱道："你们回去后，要立即制定剿匪方案。要把这些土匪武装一个不剩地消灭掉，绝不能再让这些人祸害一方！"

县长接着说道："另外，通报给你们一件重要的事，我们全国土地改革工作会议召开了，土地改革政策已颁布，农民拥有了土地，生产积极性会更高。你们要充分利用这个时机，发动群众、组织群众、依靠群众，让每一个群众都成为我们的眼睛，这样土匪就没有藏身之地，有利于我们展开剿匪斗争！"

一九四七年，中国共产党召开了土地工作会议，准备在全国进行土地改革，没收地主土地，废除封建性及半封建性剥削的土地制度，按照农村人口平均分配土地。如火如荼的土地改革运动在刚刚解放的冀鲁大地上拉开了帷幕！在共产党的领导下，以农民为主要成员的农会组织，清算了地主的财产，平分了土地，农民拥有了自己的土地，生产积极性空前高涨，打下的粮食，踊跃上交公粮，极大地支援了军队所需。

在齐阳县鲁寨乡的大会上，人们把蒋万福父亲绑入会场示众，当众分光了他家的田产，焚烧了契约。蒋万福得知消息，对共产党更加仇恨，对农民更加仇恨。他连夜带人反扑，窜入了大寨子村，疯狂抓捕、屠杀农会成员和他们的亲属，并把手无寸铁的群众赶到村中的打谷场，将驻村工作队的两名干部抓来绑到树上，实施疯狂报复。人们看到现场的惨状，都惊恐不已。

最近县里获悉，蒋秃子在济南又被国民党委任了一个什么官，还说要回老家祭祖，然后再网罗起一些势力与共产党为敌，妄图东山再起。对这种沾满人民鲜血的刽子手，县里明确声明捕获后就地枪决，决不能心慈手软。

独立营接到指令后，刘勇进行了严密部署，利用建立起来的群众情报网，要求每一站都提高警惕、严密监视，一有情况，要以最快的速度报到独立营。

春节就要到了。农民分到了土地，打下了粮食，家家有了存粮，脸上也有了久违的笑模样。进入腊月，就有了年味，人们开始为过年忙碌起来，喜气洋洋地张罗着过年所需的物什，割肉的割肉，蒸馍的蒸馍。按上红枣和点上红点的白面馒头被捏成各种形状，有桃状的、麻花状的，还有各种寓意来年平安吉祥、祈盼好光景的小动物造型，花样层出地编织着吉庆的美好梦想。小孩子已迫不及待地穿上了新衣服，打上了红脸蛋，挨家挨户地乱窜。村里还时不时有炮仗声响起，一派喜气洋洋迎大年的景象。

一天晚上，蒋秃子带着自己的一队人马过了黄河，纠集了几十人返回鲁寨乡大寨子村。进村后，他封锁了村子的东西南北路口，带着几个贴身随从，气势汹汹地回到了他的老宅。他在堂屋里挂上了供像，摆上了供桌，点上香火祭祀自己的祖先："列祖列宗在上，孩儿不孝未将祖上留传下来的产业延续光大，败了家业，罪过！罪过！"念着念着他挤出了几滴眼泪，然后又咬牙切齿地说道："这些都是共产党造成的，孩儿誓与共产党不共戴天。此次为光复家业回来，定找共产党算账，以恢复祖上荣光！"

刘勇接到群众举报后，迅即率领部队急行军赶往大寨子村。队伍接近村头后，呈散兵队形散开，慢慢包围了村子。站岗的土匪发觉后，砰砰啪啪地打起了枪。听到枪声，蒋秃子一个激灵掏出枪来，把大褂往腰上一别，带上随从出了老宅，指挥着众匪往村西头跑去，他们与等候在此的独立营战士交手了一阵，见形势不妙，赶紧撤往村北。在村北又遭到独立营战士的阻击，被机枪堵回了村里。

这帮土匪本身就是一帮散兵游勇，听到独立营捷克式轻机枪的扫射声，早已吓得魂不附体，有的扔下武器就跑，有的干脆躲到老百姓家里不出来了，等着独立营战士来收枪。

蒋秃子一看村北火力太密，赶忙带着残匪往村东跑，未承想，还没出村就听到掷弹筒的炮弹在村边炸开了花。虽是夜间，但是月亮挂在天上，把夜空照得格外明亮。村中黑影窜来窜去慌乱不堪，土匪们都试图找寻逃出去的路。蒋秃子眼见突围无望，噌地一个纵身，上了房顶，两支驳壳枪左右开弓瞄准目标射击着。

刘勇一听这枪打得格外有规律，凭经验断定这是个老手，这引起了他的注意。他顺着枪响的方向，隐约分辨出有个黑影在房顶窜来窜去，一会儿在东边，一会儿在北边，不时能听到有战士中枪倒地的声音。

刘勇见状，怒睁双眼，手提驳壳枪，翻过一座土墙。他紧盯着在房顶移来移去的目标,右手抬起砰地一枪。房顶的黑影摇晃了几下,栽下房来。紧跟在刘勇身后的齐大祥见势快跑两步,一个饿虎扑食,将人狠狠地按在了地上,让他无法动弹。其他战士见状,也扑上来三下五除二把掉下来的黑影捆了个结结实实。刘勇走上前去,仔细辨认了一下,原来这人正是蒋秃子!他随即命令道:"带走!"

蒋秃子被活捉,众土匪见没了头领,纷纷作鸟兽散,投降的投降,缴枪的缴枪,彻底放弃了抵抗。

李大癞子见蒋秃子带人从哪个方向突围,哪个方向就枪声密集,不一会儿人就被堵了回来。他知道蒋秃子目标大、人员多,不能再跟着他乱跑,便瞅了个空,带着几个亲信离开了蒋秃子,想趁着蒋秃子吸引独立营火力之时,借机溜出去。哪知独立营早已把大寨子村围了个水泄不通,一旦发现有人突围,便展开密集火力进行围追堵截。

李大癞子见这样拖下去也不是办法,等天一亮,那更是死路一条。他眼珠子一转,令手下几人赶快分散开来,各自去找活路,不要再集中突围。他自己则三转两转钻入一农户家中。农户一家六口人正围在一起,惊恐地听着外边的枪声,浑身发抖。李大癞子上前威胁道:"不要吭气,都老实待着,谁敢动就打死谁!"说完便扭身贴在门缝处,听着一阵紧似一阵的枪声,分辨了一下方向。他定了定神,过了片刻,突然拉开屋门,朝着枪声稀疏的地方冲去。

神枪手王全隐在村子南头的一棵树后,听着村内西边、北边、东边都打得激烈，唯独南边冷清，正等得心焦时，忽见一条黑影从村子里弓着腰冲了出来，速度极快。王全大声喝道："站住，举起手来！"

黑影非但没停下脚步，反而从暗处打了两枪过来，丝毫没有停下来的意思。见此，王全不再犹豫，抬手一枪打过去，黑影晃了两晃，栽倒在地。王全快步追上去，见黑影正在地上爬来爬去寻找掉落在地上的驳壳枪，便上去一脚踩住那人右手，用枪指着他大声喝道："别动！"随后又有几名战士赶来，按住了趴在地上的人，将他捆了个结实。

原来王全一枪打中了李大癞子的胯骨，李大癞子中枪后，右手一扬，栽倒在地，手里的驳壳枪也甩出去几米远。他被战士们摁住后，趴在地上呜呜地哀号着，已不能动弹。

王全招呼战士们用绳子捆住他的手脚，像抬死猪一样抬了回来，经老乡们辨认，这正是老百姓痛恨的土匪头子李全宝，外号李大癞子。

三天后，在县政府的主持下，县里召开了公审大会。

在公审大会上，人们愤怒地控诉了蒋万福和李全宝的罪行。一位大爷颤颤巍巍地来到了会台边，手指着蒋万福，历数了他杀人放火的罪恶行径：大爷的孙女为了混口饭吃，被骗进了蒋府当丫鬟，最终也没有逃脱蒋万福的魔掌。说到激动处，大爷脱下一只鞋，扬起手来照着蒋万福的后脑勺扇了两下，被会场工作人员制止后，他依然不解气，一口痰吐到了蒋万福脸上，真是气愤到了极点。在人们怒不可遏的喊杀声中，县政府宣判

蒋秃子和李大赖子两个土匪死刑。

押赴刑场前,蒋秃子提出了一个令人感到意外的要求,他说道:"我想见见大队长,有两句话想跟他说。"

蒋秃子见到刘勇后,说:"大队长,我死在你手里不冤,我服!你如果看咱还是条汉子,给来个痛快的!"

刘勇掏出一发子弹,在蒋秃子眼前一晃,轻蔑地说道:"看到了吗?尖头的!"

两名押赴人员一左一右押着蒋秃子,还未到行刑地,只听"砰"的一声枪响,蒋秃子一歪头整个身子滑到了地上。

两名押解员一惊,回头一看,大队长已提着枪扭头往回走了。一名押解员一边擦着溅到脸上的血,一边咧着嘴嘟囔着:"哎哟,大队长开枪也不先告诉我们一声,你看看,溅得我满脸都是。"

李大癞子见蒋秃子未到行刑地便被打翻在地,早已吓得面如土色,他耷拉着脑袋,浑身如筛糠般哆嗦,裤子也溺湿了一大片,被战士拖到法场,"砰砰"两枪,结束了他罪恶的一生。

公审了蒋秃子、李大赖子后,老百姓个个舒展了眉头,脸上洋溢着灿烂的笑容,更加起劲地筹备起年货。在噼里啪啦的鞭炮声中,又迎来了新的一年!

尾 声

一九五〇年的某天,安徽蚌埠一处庄园后墙外的水洼旁边,一个人在垂钓,刘勇正聚精会神地在一旁看着沉入水里的鱼漂。饭后随意溜达到此处的刘长才询问着钓者的收获。听到熟悉的声音在耳边响起,刘勇抬眼一望。四目相对,双方情不自禁地喊道:"长才!""三哥!"

刘勇家中行三,故友人常称其"三哥"。

没想到在这里相遇,两人兴奋不已,携手奔入附近酒家,推杯换盏,畅叙别后经历。

日本投降后,人们盼望的和平日子没过多久,国共内战爆发。为适应东北战场形势的急骤变化,在共产党"让开大路,占领两厢"的方针指导下,二分区部队一分为二,一部分开赴东北划归第四野战军领导,一部分跨过黄河归于华东野战军。

随着全国斗争形势的变化,解放济南已是迫在眉睫,刘勇所部不负重托,英勇的鲁西北子弟付出了巨大牺牲,为攻克济南立下了汗马功劳。随后,部队稍做休整,即开赴淮海战场。

被列入世界军事教材范例的淮海大战,于一九四八年十一月六日开始至次年的一月十日结束,历时两个多月。在人民解放军付出十三万余人伤亡的代价后，共歼灭和收编国民党军队五十五万余人，战役终以中国人民解放军的胜利而告终。

刘勇后来回忆道："为了摸清前沿敌人阵地的火力配备情况，我们摸爬到距敌几十米的地带，在壕沟里用木棍挑着一顶军帽，刚伸出战壕，敌人阵地的机枪子弹像刮风似的扫过来，一会儿就将军帽打成了筛网。"淮海一战，解放军有很多兄弟躺在了战场上，长眠于地下。很多人甚至没有留下姓名，留下的只是自己年轻的生命！

为了开辟突击路线，英勇的鲁西北子弟冲锋在前，越过填满尸体的壕沟，杀进敌人纵深，以大无畏的精神，再一次谱写了胜利的颂歌。

淮海战役结束后，刘勇所部又随大军参加了渡江战役，解放南京后，他在某部军法处任执法大队长，临时驻防蚌埠。

刘长才所部并入老十二团后，也一路南下，参加了济南战役和淮海战役，现就任某部参谋。

两人见面，自是喜不自胜，似乎有道不完的话。这种在枪林弹雨中结下的生死之谊，外人是无法体味的。忆到动情处，两人双双泪流满面，任由泪水滴落到酒盅里。不知不觉已到了深夜，店老板也被两人深深地感染着，他聆听着那遥远岁月里发生的真实故事，忘记了关门打烊。两人忆及往事，都唏嘘不已、感慨万千，他俩分外怀念牺牲的战友，庆幸自己能够活下来。

一九六四年，刘勇以南京军区某部参谋长的身份转业回某地,以支援地方商业战线的身份甫定为外贸局局长,后任地委委员、地区商业局长兼党委书记。

尚未安定,先任某地县委书记、后任水利局局长的付洁民前来拜访。双方寒暄一阵后,付洁民调侃道:"那个要棺材的回来了!"

刘勇不置可否回道:"哪里哪里,回到地方工作,还请区委书记多多指教!"

两人相视一笑。

可叹时光荏苒,一晃几十年过去了,物是人非、事过境迁。

刘勇、付洁民都早已离休,享受地专级待遇。

二十世纪五十年代,刘长才以陆军上尉身份携妻子转业回原籍——山东省德州市临邑县,任县煤建公司经理。后来因工作中的矛盾,他赌气辞职回了老家刘楼村,任谁劝说都执意不回,甘当农民。他妻子在县妇联任职,带着俩孩子勉强度日。

鲁彬(化名)在新中国成立后,任职于北京农业部全国农业展览馆,后离职休养,享受厅局级待遇。

二十世纪七十年代,鲁彬陪同原新疆军区司令员龙书金将军回山东德州撰写鲁西北抗战史,与刘勇相见,两双枯萎的手紧紧地握在一起,久久舍不得松开。

这些从枪林弹雨中拼杀出来的爱国热血青年,再次相见,都已是花甲老人。时隔几十年,紧握着曾经一起战斗的生死战友的双手,内心别有一番滋味。此时任何华丽的辞藻都显得那样平淡无味，唯有热血，在两人的眼中热烈地涌动着。这世界上还有什么比他们那经历过生死考验的情感更加珍贵？很难找到！

陈胜德（化名），齐阳解放后与大家推杯换盏，和刘勇一起昏醉三天。新中国成立后任浙江省电子办公室主任（厅级），到龄后离休，以八十余岁高龄辞世。

王慧萍（化名），所在部队于一九四七年被编入华东野战军教导纵队卫生连，她随部参加了济南战役，之后一路南下。解放军渡江战役攻克南京后，她在南京与刘勇结为夫妻，婚后育有六子一女。为了新中国的成立，她穿上军装为国效力；为了新中国的建设，她脱下军装，建设祖国。尤其是一九五〇年十月，刘勇随中国人民志愿军第二十七军两次奔赴朝鲜参加抗美援朝战争，历时三年有余，她在后方，默默奉献，支持丈夫在一线战斗，抚儿养女，将中华女性的美德淋漓尽致地展现在事业与家庭中。享年八十二岁，令人钦佩！

齐大祥（化名）在新中国成立后，主动回原籍齐阳，任大队支部书记，过着老婆孩子热炕头的生活。

二十世纪六十年代末，齐大祥徒步两日，寻到在某地任职的刘勇家中，看望正在接受"斗批改"的老战友。

时隔多年，两人再次相逢，悲喜交加，激动地拥抱在一起。刘勇反复端详着站在眼前的生死兄弟，似乎要从这张熟悉的面孔里读懂老战友这些年生活的不易。齐大祥也是热泪盈眶，仿佛有万语千言要一股脑儿地倾诉出来。

双方平复了一下心情,刘勇向齐大祥问及一桩埋藏在心中多年的未解之谜:"咱们收留的那条狼狗黑虎到底是怎么丢失的?"

齐大祥说出了原委。原来,刘勇去分区开作战会议,天已经漆黑,人还没有回来,黑虎在院子里坐卧不宁。房东大娘准备出门,黑虎也想出门找人,大娘拦住它不让它出门,结果黑虎咬了大娘一口,并把大娘撞翻在地。齐大祥得知情况后,认为黑虎这是严重违反纪律,便把它关在屋里训了一顿。后来,它急了,撞断窗框跳了出去,就再也没有回来。估计它感到委屈去寻刘勇了,没有遇见,又赶上队伍转移,便走失了。

两人唏嘘不已,都为黑虎惋惜。

时隔多年,刘勇才听说齐大祥因身患疾病、无力医治而病故,享寿七十岁。

如此等等,不再赘述……

时至今日,徒骇河这条有着千年厚重历史的河流仍在静静地流淌,她敞开她那宽阔的胸怀,接纳了她的优秀儿女,用她清澈的河水为他们洗尽尘烟,让他们尽情地徜徉其中。

来自天堂的对话

刘勇:"长才呀!你也来了吗?"

刘长才:"是呀,三哥!我想你了,来寻你了!这些年你到哪儿去了?可让我好找!怎么也不叫上我呢?"

刘勇:"长才呀!这是咋了?咱不哭!打鬼子这么硬的人还抹眼泪,这是遇到啥难事了?"

刘长才:"没遇到啥难事!有一点我就是想不通,你说咱打鬼子那么卖力气,几次差点把命就交代在那里,好不容易把鬼子撵跑喽,和平了,解放了,咋就把咱忘了呢?"

刘勇:"咳!长才呀!你也别想不通,那时候国家遭了难,就得有人出来扛事!你活在那个年代,摊上那些事了,如果你不出头,他也不出头,那这个国家不就彻底完了吗?咱们只是干了点应该干的事,也别想不通!啊,不哭了!再说了,国家每年搞那么多纪念活动,给抗战老兵的待遇多好啊。"

刘长才:"三哥你看,我在村里,要不是你时常接济我,我还真是吃不上喝不上的,我是感到憋屈得很!这些年,我就常想,那时候,跟着你打鬼子,有时候咱也是吃不上喝不上的,连个固定的窝都没有,但那时候心里就是敞亮,啥都不愁,就是一心一意打鬼子，多痛快嘛！"

刘勇："那时候可跟现在不一样，那时候的人琢磨问题可没那么复杂，一个个单纯简单得很，就是一心把小鬼子从咱们国家撵出去。那时候，老百姓多好啊！知道咱八路军干的是大事、正事，他们恨不得把心都掏给你，多么朴实善良的老乡啊。你还记得咱们房东大娘吗？看到咱们一个个饿得面黄肌瘦的，把她家瓦罐里仅有的一点棒子面熬成糊糊给咱吃，她老头躺在炕上饿得起不来，实在不行了，她掰了块观音土给他吃，最后还是胀死了。我知道这事后，都难过了好几天哪！"

刘长才："是啊，那时候父老乡亲真好！想起他们，我这心里就像刀绞一样难过，真希望再回到那时候，好好地报答一下他们的恩情。"

刘勇："回不去了，现在社会好了，国家也扬眉吐气了，人民也过上好日子了，这不就是咱当年为之奋斗和向往的生活吗？"

刘长才："咳！三哥，好是好！现在这人吃饱了就不想昨天的事，咱不知道他们是咋想的，你看看，这人一个个吃得挺肚子大腮的，啥毛病都吃出来了，有了毛病就吃药，不少人现在都拿药当饭吃，咱不知道这都咋了。听说那大医院里人都挤不进去，好几天才能挂上号，得托关系，才能找上好医生看病。有些人拿着粮食不当粮食，那大米饭、白面馒头吃不了随便扔，浪费得多了，看着真心疼！咱那时候要有这么多好吃的，能把鬼子追出八里地去。三哥，更可恨的是，一些人当了官，不是想着为老百姓办事，而是偷偷摸摸为自己办事，吃喝嫖赌啥都干，真能把人给气死！"

刘勇："咳！这些事，国家会慢慢治理的，你不用操心了。你来了，我也有伴了，咱们喝着酒，慢慢聊，好吧！"

列位看客读罢此书，随你猜想！你认为是小说即为小说，你认为是历史即为历史，反正作者笃信：这是发生在二十世纪四十年代鲁西北大地上的真实故事。这些为了中华民族的自由解放，为了不受外侮，在中国共产党的领导下、在抗日战争的烽火硝烟里大展拳脚的勇士们，真真切切地上演了一场轰轰烈烈的大戏。他们是真正的民族英雄，是中华民族的优秀子孙。让我们为那些在抗日战争中牺牲的先辈们默哀！我们作为后代不应该忘记这段历史，应该一代一代地传播下去，切记！切记！

后 记

写完最后一个字，放下了手中的笔，我非但没有长舒一口气，反而愈发觉得肩上多了一份压力，沉甸甸的。我陷入深深的沉思之中，我在思考：当我从各种渠道零零碎碎地了解了一些先辈们八十多年前的那些斗争经历时，我也说不清楚是一种什么力量促使我拿起笔来，斗胆去写那段历史，去写先辈们抗战期间在冀鲁边区战场打出来的那些精彩的故事。也许正是那些故事激励着我坚持写完最后一个字。

故事写完后，我反倒顾虑重重，顾虑我这支拙笔是否能够生动地描述出当时那些真实的画面，能否反映出八十多年前冀鲁边区那种残酷的环境的概貌，我心里没底。因为我毕竟不是行家出身，我只是一个业余文字爱好者，因此，我只能自我安慰地怀着忐忑不安的心情来假如，只能说是假如。我写的这些先辈们如果还在世，他们如果看到我这支拙笔写的他们当年战斗、生活的片段，会是什么感想？是褒是贬我不敢去想，只能猜测他们会说："小子！你写的东西只反映了当年我们斗争的一小部分。那时候，我们所处环境的残酷性、艰难性，后人是无法感知和想象的。当时，可以说是寸步难行，随时都会遭遇不幸，都会有牺牲。那时候，经历的战斗场面，也是无法用语言来形容的。

"仁风大战你没写，打了三天三夜的仁风大战，最后八路军战士是呱唧呱唧地踩着血浆水离开战场的。

"一九四二年十二月二十九日冀鲁边区铁营洼反扫荡你没写。那天，鬼子调动了万余兵力加汉奸队对冀鲁边区进行铁壁合围大扫荡，残酷地实行三光政策（杀光，烧光，抢光）。一位老八路军在近百岁高龄时回忆了那天发生的事情：那次反扫荡，我八路军将士有三百多人牺牲在战场上，其中有分区副司令员，有抗日县长，副县长，有县大队小队长等，可谓是惨烈无比。

"还有大宗家突围战你没写。那次突围战，很多从黄河以西来的红军战士长眠在鲁西北大地上，那些人，很多都是经历过二万五千里长征的老战士，都是八路军的骨干，这些红军战士的牺牲，心疼得八路军将领们几天吃不下饭。"

是的，有很多先辈们反抗日寇侵略的英勇斗争故事没有写出来，我所描述的只是我的先辈们生前在茶余饭后闲聊时随便透露出来的星星点点的战斗画面，不够全面。有老人回忆，那时，他们一个月就和鬼子伪军打了三十二仗，几乎是天天都有激烈的战斗发生，天天都有战士负伤牺牲。我为当年没能详细地了解先辈们所经历的故事而感到后悔。时过境迁，再懊悔也没用，只能徒增遗憾。

为了弥补手头资料的不足，我于二○二三年四月二十二日，在六弟的陪同下，由德州市区驱车前往临邑县的刘楼村。

两个小时后,我们来到了立着牌坊的刘楼村。在村头,我驻足远望,不禁心潮澎湃、感慨万千,抬头再看写有刘楼村三个鲜红大字的牌匾,我有一种置身历史中的感觉。

在这里,我想起了我们的先辈刘长才,他幻影般在我脑海中闪现。我看到他那敏捷的身影在硝烟弥漫的战场上闪电般出现,勇夺鬼子的机枪。我看到他为了掩护县大队突围,抱着一挺机枪,在小鬼子的包围圈里,东一个点射,西一个点射,嘴里还骂骂咧咧地大吼大叫着:小鬼子来吧,你爷爷刘长才等着你们。我还看到他从这里走出村子,扛着一杆大枪,勇敢地奔向了鲁西北的抗日战场,尽情挥洒着一个铁血男儿的英勇。我觉得,当时在中华大地上有千千万万个这样的钢铁汉子伫立在这里,中国不会亡。

我又想起了与刘长才并肩战斗的齐大祥,虽然他早期为了温饱上当受骗,站错了队,但是,当他觉悟后,参加了共产党领导的八路军队伍,和老百姓融到一起,便焕发出无穷的力量。那种对共产党的忠诚,那种将战友们视如亲兄弟的纯真感情是无法用金钱衡量的。当生死濒危的紧要关头,需要用自己生命去换回战友的时候,他会毫不犹豫地挺身而出,宁可牺牲自己,也不让兄弟吃亏。这就是鲁西北汉子最朴实的情感表现。人世间,再没有比这更能显现出他的珍贵的了。我的大祥先辈,虽然新中国成立以后,他回到了农村,过着勉强温饱的日子,但是,他无怨无悔。没有了硝烟和战火,过上和平的日子,这就是先辈们追求的目标。他们认为能一日三餐、老婆孩子热炕头,就是好日子，就是普通人追求的一辈子的幸福！他们所追求的幸福是现代人无法理解的，但在当时，这就是现实。

我还想起了我的父亲，当他端起一杆有刺刀的大枪与小鬼子拼命时，我为有这样的英雄父亲而感到骄傲和自豪！我仿佛看到了父亲那顶天立地的男子汉形象，他在叮叮当当的刺刀碰撞声中永远立于不败之地的高大身影！在他的血脉中奔涌的那一腔热血永远激励着后人奋勇向前！

我在写这些先辈们的那段历史时，触及父辈们八十多年前经历的那些惊心动魄的战斗场面时，我几度哽咽，泪水时时模糊着我的双眼。这些泪水，是激动的泪水，是骄傲与自豪的泪水，这些泪水里饱含着对父辈们的深深的钦佩与敬仰。一个经历了众多耻辱和苦难、濒临亡国的民族，若没有这些热血男儿在危急时刻勇敢地站出来，用他们的脊梁扛住那即将倾倒的大厦，中华民族的屈辱史不知还要延续多少年。

我缓步走进了刘楼村，在长才叔叔一个七十六岁、一个七十四岁的两个侄子的陪同下，瞻仰了他生前最后几年居住的两间低矮的小房子。我心酸得不忍直视，这就是当年令小鬼子闻风丧胆的抗日英雄最后的生活住所，这里已是人去屋空。我泪眼模糊地注视着这里。旁边的六弟提示我该回去了，我都没有听到。此时，我已沉浸在八十年前的情景中，仿佛又看到了长才叔叔扛着一杆大枪从这个屋里，哦，不！是从原来的土坯屋里走了出来，向着远方，向着打鬼子的战场走去！他还回头唤着我的小名：小五子，走，跟我打鬼子去！

刘家大哥拉了我一把,才把我从幻觉中拉回现实,他轻轻地说了一句:"走吧,咱们吃饭去吧。"

说起吃饭,我不禁又浮想联翩。如今,我们可以在饭店里点一桌菜,尽情地品尝着美味佳肴,而我们的父辈为我们挣下的这份家业,他们没有享受到。在这样的气氛下,我面对一盘盘端上来的佳肴,全然没有胃口,勉强动了几箸,便又陷入沉思之中。原想利用两天的时间,再去一趟济阳,寻访一下史志办的同志,再深入了解一些当年的故事,但因为是星期六,没有人上班,我们只好返回,留下的这个遗憾,等下一次返乡时再弥补吧。

一路上,我坐在车里,大脑犹如滚动的车轮飞速地运转着,我反复思考着一个问题:八十多年前,在那么残酷的环境下,我的父辈们,他们能够义无反顾地走向抗日战场,用自己鲜活的生命去与装备精良的日寇抗衡,是什么力量支撑着他们,让他们一上了战场就视死如归,绝不退缩?我认为是一种精神,一种宁死不屈、顽抗到底的中华民族精神!这种精神是牢牢地根植于中华大地上的魂!过去如此,如今更需要一代一代地传承下去。

我们的开国伟人曾经说过:"人是要有一点精神的!"

在科技高速发展的今天,我们可能不再需要像我们的先辈们那样在战场上面对面地和敌人拼刺刀,但是,不管从事什么行业,如果我们始终能够拥有敢于拼刺刀的精神,那么,我们整个民族就会永远立于强者之林,就不会受外族欺侮。因此,我们要振臂高呼,中华民族万岁!中华民族精神万岁!

致　谢

《烽火徒骇河》一书能够与读者见面，我首先要感谢我的姐姐刘陆华女士，是她从繁忙的家务劳动中抽时间为该书做修改、校对、打印，耗费了不少心血。我是个电脑盲，完全不会运用这高科技的产物搞文学创作，在写作此书的过程中，还是用原始的方法，一个字一个字地爬格子，如若没有她，此书出版难以推进。

我还要感谢上海鹏润清洁服务有限公司的法人代表李军同志，是他，在该书的创作过程中，在精神和物质上都给予我极大的鼓励和支持。那是一种无私的援助，是战友情深的真切表露，是我创作此书的无穷动力，因此，我要深深地感谢他。

还有海南省三亚市公安局的曾济民同志，他充分发挥自身特长，牺牲了不少自己的休息时间，阅读书稿，修改标点符号及错别字，积极地提供参考意见，为该书能与读者见面付出了令人可敬的努力。

原明天出版社总编辑刘海栖先生也为《烽火徒骇河》一书提供热心指导，帮忙推荐，在此一并感谢！